지구별 사진관

지구별 사진관

초판 1쇄 2007년 10월 29일
개정판 4쇄 2021년 9월 28일

글·사진 최창수
펴낸이 김정순
책임편집 김효근
디자인 김덕오
마케팅 이보민 양혜림 이다영

펴낸곳 (주)북하우스 퍼블리셔스
출판등록 1997년 9월 23일 제406-2003-055호

주소 04043 서울시 마포구 양화로 12길 16-9(서교동 북앤빌딩)
전자우편 editor@bookhouse.co.kr
홈페이지 www.bookhouse.co.kr
전화번호 02-3144-3123
팩스 02-3144-3121

ISBN 978-89-5605-553-4 03810

지구별 사진관

최창수 글·사진

북하우스

결국 여행이란 사람을 만나는 과정이다.
한국에서의 모든 인간관계를 잠시 접어두고 훌쩍 떠난 여행이건만
그곳에서도 나는 여전히 수많은 사람들 속에 있다.
다만 '여행자'라는 신분은 누군가를 만나는 데 있어 아무 거리낌이 없게 한다.
숙소 주인, 버스 운전수, 시장 아줌마, 동네 꼬마, 승려, 또 다른 여행자,
심지어 거지까지, 여행자가 만날 수 있는 사람은 그 범위가 정해져 있지 않다.
가끔은 신과도 조우한다.
그래서 여행 중 틈틈이 기록한 일기장 속에는 무엇무엇을 보았다는 것보다
누구누구를 만났다는 이야기가 훨씬 많다.

여행을 오래 하다보면 누구나 휴머니스트가 된다.
불편한 몸을 차가운 땅바닥에 하루 종일 부딪쳐 기도하는
티베트 할머니의 손을 잡고,
어린 동생을 업은 채 까만 손을 내밀어 구걸하는
인도 소년의 맑은 눈망울을 쳐다보고,
지뢰로 한쪽 다리를 잃었음에도 열심히 축구하는
아프가니스탄 소년의 머리를 쓰다듬고,
수십 킬로미터 떨어진 장터를 향해 맨발로 걸어가는
에티오피아 여인들의 노랫소리를 듣다보면
자연스레 인간을 경외하고 인간을 사랑하게 된다.

때문에 나의 카메라 렌즈는 여행 내내 사람을 향해 있었다.
정작 여행지의 모습을 가장 잘 드러내는 건
유적지나 자연환경이 아닌 그곳에 사는 사람들이라는 게 나의 생각이다.
그래서 이 책에는 인도라고 해서 타지마할 사진이 없고,
캄보디아라고 해서 앙코르와트 사진이 없다.
대신 사진 속에 있는 풍경과 나의 친구들이
여행 이야기를 들려줄 것이다.

허름한 동네 사진관 앞에 문득 발길을 멈추고
쇼윈도에 진열된 빛바랜 가족사진을 가만히 들여다보는,
그런 마음으로 이 책을 보았으면 좋겠다.

내가 만나고 온 지구인들의 사진이 걸려 있는,
여기는 '지구별 사진관'이다.

세계지도를 들고 다녔다.
다 펼치면 돗자리만 한 크기의 아주 멋진 지도였다.
이 지도는 전체적인 여행 경로를 짤 때도 필요했지만 정작 다른 용도로 많이 쓰였다.
지도 위에 내가 지나온 길을 굵은 펜으로 표시했는데,
굵은 선이 점점 늘어 지도를 뒤덮을 때 느끼는 그 쾌락은
말로 표현할 수가 없을 정도로 좋았다.
특히 이동하는 데 20시간이 훌쩍 넘는 버스나 기차를 타는 날이면
평소보다 선이 훨씬 길어졌고, 선을 긋는 기쁨의 약효 또한 길어졌다.
어떤 때는 일부러 여러 구간을 아껴두었다가 한꺼번에 긴 희열을 맛보곤 했다.

여행 중 만나는 사람들이 내 여행에 대해 물으면
주절주절 설명하는 것보다 지도를 보여주는 것이 편했고,
여행이 지겹거나 힘들 땐 숙소 침대 위에 지도를 활짝 펼쳐놓고 지친 맘을 다잡았다.
여행을 마치고 돌아온 지 어언 5년. 그때는 철철 넘치고도 남았던 자신감과
아름다운 추억들이 조금씩 증발되는 것 같아 두렵다.

다시 한 번, 벽에 붙여놓은 지도를 바라본다.
마치 거짓말같이 보이는 저 지도와 실선들이 꿈은 아닌 것이다.
나는 정말 그곳에 다녀왔다.

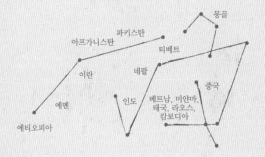

몽골

파키스탄

아프가니스탄   티베트

이란   네팔

예멘   인도   베트남, 미얀마,   중국
                       태국, 라오스,
에티오피아   캄보디아

讀萬卷書不如行萬里路

Traveling thousands of miles is better than reading thousands of books

수천 마일을 여행하는 것이 수천 권의 책을 읽는 것보다 낫다

•

중국의 오래된 속담

사진과
바람난 여행

어딜 가나 동네 아이들은 낯선 여행자에게 최고의 사랑을 안겨준다.
메모리카드 속에 아이들 사진이 많이 저장될 수밖에 없는 이유.　오모라테, 에티오피아

여행 초반, 나는 만나는 모든 풍경을 네모난 프레임에 담길 피사체로
간주했다. 사진 찍는 실력이 빈약한 내가 할 수 있는 건 이리저리
최대한 많이 찍어보는 것뿐이었다. 매일 밤 숙소에 돌아오면 노트북
을 켜고 그날 찍은 사진을 유심히 들여다보았다.

같은 조건에서도 찰나를 잡는 방법은 여러 가지가 있었고,
분명 여러 사진 중 직감적으로 더 마음에 와닿는 사진이 있었다.
그리고 그 이유를 알아내려고 무진장 애를 썼다.
다행히 긴 여행은 늘 새로운 배경과 피사체를 제공해주었고,
수많은 시행착오를 겪으며 나는 사진에 대해 하나부터 열까지
차근차근 터득해나갈 수 있었다.

한편 집착에 가까웠던 사진 찍기는 어느덧 억압이 되었다.
여행을 하는 게 아니라 마치 촬영대회에 참가한 것 같았다.
마음에 드는 사진을 찍은 날이면 뛸 듯이 기뻤지만,
그렇지 않으면 몹시 우울했다.
내게 세상은 카메라 렌즈를 한 번 거치고 와야만 의미가 있었다.
하지만 언제까지 그러면서 여행할 수는 없는 노릇이었다.
아무리 생각해봐도 사진은 여행의 목적이 아니라 수단일 뿐이었다.
마치 열정적으로 사랑했던 연인이 시간이 흘러 여러 사건을 겪으면서
서로에게 익숙해지고 집착과 구속을 풀어버리듯
내 여행과 사진도 그런 과정을 겪었다.
실로 마음을 비우고 사진과 여행을 조화롭게 즐기기까지는
꽤 오랜 시간이 걸렸다.

그래도 사진이 내 여행에 결정적인 역할을 했다는 건
부인할 수 없는 사실이다. 사진 덕분에 더 많은 사람을 만났고,
그들과 잊지 못할 추억을 만들었으며
그 이야기들은 고스란히 사진 속에 담겼다.

사진은 여행 일정에도 큰 영향을 미쳤다.
더 나은 사진을 찍을 수 있으리란 기대감으로
도시보다는 시골을 찾았고,
큰길보다는 골목을 헤맸고,
축제를 쫓아다녔다.
사진 찍는 게 별일이 아닌 잘사는 나라보다는
사진기를 둘러멘 내게 더 큰 관심과 사랑을 쏟아주는 가난한 나라를
주로 여행했다.
게다가 이렇게 책을 만들어 많은 사람에게 내 여행이야기를
들려줄 기회도 생기지 않았는가.
호랑이는 죽어서 가죽을 남긴다지만
여행이 끝나면 사진과 이야기가 남는다.

이제부터 이야기가 담긴 사진여행을 떠나볼까.

구멍가게를 혼자 지키던 소녀가 직접 빨대를 꽂아 내민 림카.
라임향과 톡 쏘는 맛이 일품인 림카는 인도 여행 내내 무더위에 지친 내 입맛을 달래주었다.　고아, 인도

사람을 찍다

내가 인물사진에 소질이 있음을 발견한 건 베트남 여행이 끝나갈 즈음이었다. 그러고 보니 지난 한 달간 중국과 베트남을 여행하며 수많은 사진을 찍었지만 도통 마음에 드는 사진이 없었다. 죄다 풍경 아니면 유명한 관광지의 사진만 찍은 탓이었다. 그도 그럴 것이 여행을 시작하고 얼마 되지 않은 터라 여행과 사진에 대한 나만의 철학이 없었다. 그저 가이드북이 친절히 추천해주는 곳을 따라다니며 열심히 '엽서사진'만 찍어댔다. 그런가 하면 중국은 대기오염이 심하고, 베트남은 날씨가 궂어 몽골처럼 파란 하늘을 찍을 수 없다며 투덜거리기까지 했다.

문득 달포 남짓 지난 이 여행이 지루하다는 생각이 들었다. 물론 사진도 그랬다. 내가 꿈꾸던 여행과 내가 찍고 싶던 사진은 이런 게 아니었는데.

여행의 방식을 바꿔보기로 했다. 유명 관광지를 도는 대신 근처에 있는 마을을 휘둘러보기 시작했다. 자연스레 현지인과의 다양한 만남이 이루어졌다. 단순히 스쳐 지나가는 여행자가 아니라, 잠시라도 그들의 일상 속에 들어가보고자 노력했다. 그런 면에서 사진은 최고의 도구였다. 사진은 나와 그들 사이에 놓인 다리를 쉽게 건널 수 있도록 해주었고, 자연스럽게 많은 이야기가 피어났다.

풍경사진 찍을 때나 쓰던 무거운 광각줌렌즈와 망원렌즈는 필요 없었다. 대신 내 눈과 비슷한 화각의 가벼운 표준렌즈가 카메라에 달렸다. 그때까지 배낭 안에서 먼지만 쌓여가던 렌즈였다. 이젠 직접 발로 뛰어가며 그리고 피사체 가까이 다가가 끊임없는 소통을 하면서 사진을 찍기 시작한 것이다.
이후 내 여행과 사진이 획기적으로 달라졌음은 물론이다.

스티브 매커리와의
만남

📷

현존하는 세계 최고의 다큐멘터리 사진작가 스티브 매커리. 티베트
라싸 시내의 책방에서 그를 만났다. 사진집을 봤다는 이야기다. 알고
보니 이번 만남이 처음은 아니었다. 그의 사진들이 워낙 유명한지라
잡지나 신문에서 한 번쯤은 본 기억이 난다. 물론 그때는 '어, 사진 좋
네' 하며 가볍게 넘겼지만 이번에는 달랐다. 여행을 하면서 사진에 미
쳐버린, 마음만은 사진작가 못지않은 놈으로서 스티브 매커리의 사진
은 충격과 공포 그 자체였다.

나는 당장 허름한 피시방으로 달려가 느려터진 인터넷과 밤새 씨름하
며 미국 구글과 야후를 이 잡듯이 뒤졌다. 그렇게 한 달 동안 스티브
매커리의 사진 450여 장을 모아 노트북에 넣었다. 그리고 틈만 나면
사진을 보고 또 보았다. 사진을 한 번도 공부해보지 못한 내게 그의 사
진은 스승이자 곧 교과서였다. 얼마나 많이 보았는지 나중에는 아예
모든 사진을 외울 지경에 이르렀다.

인물 사진이 대부분인 그의 여행사진들은 주로 35밀리미터나 50밀리
미터의 표준렌즈로 찍은 것이었다. 화려한 색감이나 독창적인 구도는
없었다. 대신 사진 속 인물들의 눈빛은 하나같이 살아서 움직였다.

그리고 사진을 마주한 내게 뭐라 말을 걸어오는 듯했다. 도대체 스티브 매커리는 어떻게 그런 눈빛을 잡아낼 수 있었을까. 표준렌즈의 초점거리로 볼 때 그의 사진은 인물에 밀착하여 찍은 것들이다. 그렇다면 사진을 찍기 전에 상대방의 동의를 구했을 것이 분명하다. 영어가 통하지 않는 이국 사람들에게 미국인 스티브 매커리는 뭐라고 말을 건넸을까. 그래도 영어로 했을까? 아니면 현지 인사말 정도는 익혀서 말을 걸었을까? 알고 보니 둘 다 아니었다. 스티브 매커리는 바로 무언(無言)의 눈빛으로 말을 걸었던 것이다. 상대방은 그 인사에 역시 눈빛으로 답했다. 관건은 이것이다. 피사체와 눈으로 대화를 나누는 것. 여기에 미소와 몸짓이 더해지면 그 대화는 한결 풍성해진다.

이건 말로 설명할 수도 없고, 글로 표현할 수 있는 성질의 것도 아니다. 직접 여행과 사진에 충분히 젖어본 자만이 알 수 있다. 아무튼 나는 스티브 매커리 사진을 열심히 흉내 내기 시작했다. 거장의 작품을 함부로 따라하는 건 결코 쉬운 일이 아니었지만, 난 그 과정을 통해 내 사진이 조금씩 나아지는 걸 느꼈다. 사진과 여행이 더욱 재밌어지기 시작했다.

[+]

에베레스트로 향하는 척박한 길. 도중에 허름한 식당에 들러 따뜻한 수제비 비슷한 음식을 한 그릇
시켜놓고 있는데, 다정한 부자의 모습이 눈에 들어왔다. 내게 즉석사진을 선물받은 곰같이 생긴 남자는
연신 흐뭇해하며 다 떨어진 지갑 속에 사진을 고이 집어넣었다. 아들을 꼭 안은 아버지의 두꺼운 손을
바라보며 나는 한국에 계신 내 아버지를 그리워했다.   팅리, 티베트

'눈이 얼굴의 반을 차지한다'라는 말은 적어도 인도 아이들에겐 과장이 아니라 사실에 가깝다.
자이살메르, 인도

무언의
대화

햇살이 참 좋은 날이었다.

사원을 오르는 길에 노란 마니차® 사이로

고양이를 안고 있는 아주머니가 보였다.

거절당할까 두려웠지만 용기를 내어 눈빛으로 말을 걸었다.

'아주머니. 고양이를 안고 계신 모습이 정말 아름다워요.

사진 한 장 찍어도 될까요?'

그러자 아주머니 역시 눈빛으로 대답했다.

'그래요, 그럼. 대신 우리 고양이 예쁘게 찍어줘요.'

그러고는 몸을 약간 돌려 고양이를 내 쪽으로 내밀었다.

어차피 말도 안 통했겠지만 어설프게 대화를 시도했더라면 혹시 모른다.

고양이도 놀라고, 아주머니도 당황해 이런 사진을 못 찍었을지도.

● 안에 불교경전을 넣어놓은 원통. 시계 방향으로 한 번 돌릴 때마다 경문을 한 번 읽은 것으로 여겨진다.

시가체, 티베트

매일 아침 텐트 앞으로 손님이 찾아왔다.
근처에 잠시 머물고 있는 유목인들에게 여행자는 좋은 구경거리였다. 세계에서 가장 말을 잘 탄다는
몽골 유목민의 초상을 찍고자 사진기를 들이밀었다. 초원 어딘가에서 불어오는 바람에 말의 갈기털은
한쪽으로 멋지게 가르마를 탔고, 유목 청년은 한껏 폼을 잡으며 담배를 빨았다.

영원히 푸른 하늘의 나라

우린 고비(몽골어로 '풀이 자라지 않는 거친 땅'이라는 뜻)를 향해 달리고 있다. 가도 가도 끝이 보이지 않는 초원. 왠지 제자리를 빙빙 돌고 있는 것만 같다. 우리가 탄 소련제 지프는 투박한 외모와 어울리지 않게 씽씽 잘도 달린다. 우리는 며칠째 몽골인 운전수 모기를 보채고 있다. 도대체 언제쯤 고비가 나오느냐고. 그러자 모기기 말하길 우린 이미 고비에 와 있단다. 하지만 우리가 원하는 건 모래언덕으로만 이루어진 진짜 사막이다. 풀 한 포기 없는 그런 사막.

나는 태어나서 이렇게 짙은 파란색의 하늘을 본 적이 없다. 가없이 맑은 공기. 아무리 눈이 나쁜 사람도 이곳에 오면 천리안이 된다. 언덕에 올라 주위를 둘러보면 저 멀리 지평선 전체가 수평선처럼 완전히 개방되어 있다. 산과 건물들로 빽빽한 우리나라에서는 절대 볼 수 없는 풍경. 지평선의 흐름은 직선이 아니라 절묘하게 휘어져 있다. 지구가 둥글다는 증거가 눈앞에 잡힌다. 솜사탕처럼 하얀 구름은 금방이라도 땅에 내려앉을 것처럼 머리 바로 위에 두둥실 떠 있다. 구름으로 짠 융단이 넉넉하게 깔린 하늘은 그야말로 숨 막히게 아름답다.

해가 뉘엿뉘엿 지면 적당한 곳에 차를 세운다. 여긴 아무 데나 야영장이 된다. 텐트를 단단히 치고 즉석 화덕을 만든다. 우리는 울란바토르에서 일주일 치 음식재료며, 물이며, 땔감을 준비해왔다. 두 명으로 이루어진 요리 당번이 음식을 준비하는 사이 나머지 인원들은 불쏘시개로 쓸 동물의 마른 똥을 구하러 다닌다. 나는 3일째 되는 날의 요리를 맡았는데 고심 끝에 선정한 메뉴가 부대찌개였다. 비록 한국에서 가져간 고추장과 라면 수프를 너무 빨리 써버려 아쉽기는 했지만 일본 친구들의 반응은 가히 폭발적이었다.

즐거운 저녁식사가 끝나고 나면 모닥불을 피워놓고 둘러앉아 이야기 꽃을 피웠다. 병에 칭기즈칸의 얼굴이 그려진 보드카 한잔에 적당히 취하고, 그 독한 알코올 덕에 한밤의 냉기를 잊은 우리는 저마다의 사연을 '진실게임'하듯 쏟아냈다.

대학교 탐험동아리 회원이라는 아키코, 어릴 적 영화 〈구니스〉를 보고 세계 여행의 꿈을 키웠다는 히로, 여자 혼자 하는 몽골 여행을 부모님이 반대하실 것 같아 한국에 간다고 거짓말을 한 치사코, 답답한 대학생활이 지겨워 몽골에 왔다는 세타로, 서른 살이 되기 전 한국 남자와 결혼할 거라는 유치원 선생님 유키코, 자신을 구속하는 여자가 이상형이라는 신베, 얼마 전부터 무에타이를 배우고 있다는 다쿠마, 노벨 물리학상을 받는 게 꿈인 요시, 설레는 가슴으로 세계 여행을 막 시작한 나와 득호까지.

우린 각자 다른 고민을 하고, 다른 꿈을 가지고, 역시 다른 삶을 꾸려 나가고 있었다. 하지만 우리 모두를 하나로 묶어주는 한 가지가 있었으니, 그건 바로 '젊음'이었다. 젊으니까 할 수 있는 고민들, 젊으니까 실행할 수 있는 체력, 젊으니까 도전할 수 있는 꿈을 가지고 있었던 것이다.

모닥불이 완전히 사그라지면 이제부터는 우주쇼를 구경할 시간이다. 우주쇼는 지프 지붕 위에 드러누워 감상하는 게 제맛이다. 머리 위에는 왕복 10차선 은하수가 가로질렀다. 은하수(milky way)는 이름 그대로 우윳빛이다. 이토록 선명한 은하수는 난생 처음 본다. 아니, 은하수를 본 적은 있었던가? 밤하늘은 수많은 별들로 꽉 차서 터질 것만 같다. 과장이 아니라 별이 반, 검은 하늘이 반이다.

하늘 한구석에서 별똥별이 떨어졌다. 모두들 탄성을 내지른다. 미처 못 본 사람은 아쉬워할 필요가 없다.

별똥별은 쉴 새 없이 떨어지니까. 하나, 둘, 셋…… 예순하나, 예순둘……. 별똥별이 떨어질 때마다 소원을 빌었다. 그런데 궤적을 그리는 시간이 너무 짧아 문장을 제대로 갖춘 소원을 빌기가 어려웠다. 그래서 미리 소원을 말하고 그 소원을 '일'이란 한 단어에 구겨넣은 다음 별똥별이 떨어지면 "일"이라고만 외쳤다. 내 소원은 '부디 이 여행을 무사히 잘 마칠 수 있게 해주세요'였는데 결국 이렇게 무사히 돌아온 걸 보면 그 편법이 통한 듯싶다. 나머지 친구들도 저마다 소원을 빌었을 텐데 그 소원들은 지금 어떻게 되었을까.

씨름 선수 출신의 몽골인 운전수 모기와 아기는 4륜 구동 소련제 지프를 말타기하듯 몰았다.
그들은 직접 선곡한 노래를 카세트테이프에 담아 쉴 새 없이 틀어주었는데, 바람을 가르며 기분 좋게
흔들리는 차 안에서 따라 부르기에 제격인 빠른 템포의 가락이었다. 나는 지금도 그 가락을 흥얼거릴 때가 있다.

드디어 모래언덕에 도착했다. 그곳엔 한 시간 타는 데 3000원인 낙타가 기다리고 있었다.
몽골 이후 인도 등에서 또다시 낙타에 탈 기회가 있었는데 고비에서 탔던 쌍봉낙타의 등이 가장 푹신하고
안락했다. 나는 고비의 모래 한 줌을 약통에 담아 집으로 보냈다. 지금도 내 방에는 고비가 숨 쉬고 있다.

초원 여행이 끝나갈 즈음, 내 몸에 엄청난 변화가 왔다는 걸 알 수 있었다.
지난 수년 동안 나를 괴롭히던 스트레스성 허리통증이 완전히 사라진 것이다. 어느 의사도 고치지 못한 걸
단 며칠 사이에 몽골 대자연이 치료했다. 그늘에 푹 빠진 들개처럼 내 몸과 마음은 여유를 되찾기 시작했다.

하루 종일 사원에서 힘든 기도를 마치고 온 어르신들. 찻집에 옹기종기 모여앉아 이야기꽃을 피운다.
나는 이 사진을 찍으며 고흐의 그림 〈감자 먹는 사람들〉을 떠올렸다.   시가체, 티베트

빛이 보인다

사진은 뭐니뭐니 해도 빛의 예술이다. 빛을 잘 보고 그걸 알맞게 사용할 줄 알아야 좋은 사진을 찍을 수 있다. 우리 눈은 분명 사물에 반사된 빛을 보고 있지만 정작 빛 자체를 보지는 못한다. 단지 눈앞에 놓인 사물을 인식할 뿐, 빛은 바람처럼 실체는 있되 형체는 없다. 흔히 사진을 오래 찍다 보면 언젠가는 빛이 보인다고들 한다. 매일 여행을 하며 사진을 찍던 나는 도대체 그게 언제일까 궁금했다. 지금까지는 그저 밝은 태양 아래 역광만 피하면 되는 줄 알았고, 이른 아침과 늦은 오후의 빛이 좋다는 이야기는 소문으로만 들었지 왜 그런지는 잘 몰랐다.

매일 스티브 매커리의 사진을 보며 사진 속 빛을 유심히 들여다보았다. 그런데 그의 사진은 밝은 날 찍은 게 거의 없었다. 오히려 눈이 오고 비가 내리는 궂은 날씨를 주로 택했다. 사진 속 인물의 피부색은 빛을 골고루 받아 부드러웠고, 옷과 배경의 색채는 도드라졌다. 나는 그의 사진을 흉내 내는 김에 빛까지 따라하려 애썼다.

화창한 날보다는 흐린 날에 주로 사진을 찍었고, 벌건 대낮에는 그늘을 찾아다녔다. 아침 일찍은 몰라도 해가 지기 전에는 사진기를 들고 동네 한 바퀴 도는 버릇을 들였다. 그러자 어느 날부터 빛이 보이기 시작했다.

빛은 참으로 다양한 장소에서 다양한 형태를 띠고 있었다. 차가운 빛이 있는가 하면 따뜻한 빛이 있고, 어떤 빛은 지저분했고, 어떤 빛은 깨끗했다. 태양의 각도, 구름의 양과 위치, 주변 건물의 배치, 공기의 질, 피사체의 위치 등에 따라 빛은 제멋대로 출렁였다. 이러한 여러 가지 빛 중에서 나에게 필요한 빛을 찾고, 때로는 만들어내는 것이 관건이라면 관건이었다.

빛을 알고부터는 쓸데없는 사진 찍기가 많이 줄었다. 이제는 입맛에 맞는 빛을 만나야만 셔터를 누르기 시작한 것이다. 나는 그렇게 까다로운 여행사진사가 되어갔다.

후미진 골목으로 간신히 기어들어온 햇빛이 아이의 피부에 살포시 내려앉았다.
엄마의 치맛자락을 꼭 쥔 아이의 눈빛엔 낯선 여행자에 대한 호기심과 두려움이 섞여 있다. 파탄, 네팔

아침
풍경

하루 중 아침은 가장 역동적이다. 잠에서 갓 깨어난 사람들은 세수를
하고, 상점을 열고, 청소를 하고, 음식을 만들고, 기도를 올리고, 학교
에 가느라 부산을 떤다. 각종 동물들도 구석구석에서 기어나와 햇볕
을 머금으며 날아다니고 뛰어다닌다. 밤새 고요했던 도시는 어느새 기
지개를 활짝 켜고 꿈틀대기 시작한다.

하루 중 아침은 사진 찍기에 제일 좋은 때이기도 하다. 두꺼운 대기층
을 뚫고 날아오는 태양빛은 몇 번이나 걸러졌기 때문에 부드럽고 화사
하기 짝이 없어 따뜻한 느낌의 사진을 얼마든지 찍을 수 있다. 하지만
이런 모든 장점에도 불구하고 아침 풍경은 가장 보기 힘들다. 게으른
장기 여행자에게 아침 일찍 일어나는 일은 정말 어렵기 때문이다.
내일부터는 좀 부지런해져야겠다. 내가 미처 모르는 얼마나 많은 풍
경이 아침에 펼쳐져 있는 걸까.

원래 카트만두에 비둘기가 많은 건 알고 있었지만 이렇게 한꺼번에 많이 모여 있는 풍경은 처음 보았다.
보아하니 아침마다 이러는 모양이었다. 자비심 많은 네팔인들은 이른 아침에 곡식을 보시하고 그날의 행운을 빌었다.
이걸 학습한 새들은 매일 아침 두르바르 광장에 출근도장을 찍었다.   카트만두, 네팔

행복을
찍는다

📷

사진은 찰나다.
하지만 찰나의 이미지는 매우 강력해서,
때론 한 장의 사진이 피사체의 모든 것을 규정지어버릴 수 있다.
동일한 피사체라 하더라도
그것을 둘러싼 세계는 시시각각 끊임없이 변화하기 때문에
사진가는 늘 선택의 기로에 서게 된다.
즉 어느 순간에 셔터를 누르느냐는 전적으로 사진가의 몫이다.
그리고 그건 결국 사진가의 의도와 연결된다.

나는 주로 가난한 나라를 여행했다.
당연히 그곳에 사는 사람들은 대부분 절망하며,
고통에 신음하고 있었다. 하지만 항상 그런 건 아니었다.
거기에는 반드시 행복이나 희망이 끼어들 겨를이 있었다.
오히려 어떤 곳은 가난할망정 늘 행복하게 사는 사람들이 있었다.
사진을 통해 그런 걸 이야기하고 싶었다.
인간의 행복, 희망, 사랑, 우정.
잘사는 나라가 아닌 가난한 나라에서 피어난 것이라면
더욱 소중하고 순수할 것이었다.

조드푸르, 인도

나는 그렇게 사막의 모래 위에 떨어진 한 방울의 물을
주워담는 심정으로 사진을 찍었다.
주로 즐겁고, 행복하고, 희망적인 순간을 골랐다.
가끔은 일부러 피사체를 웃게 만들거나,
흩어진 가족을 한데 모으거나,
어깨동무나 손을 잡게 하고 사진을 찍기도 했다.

이 사진도 그랬다.
축구를 열심히 하던 동네 아이들을 모조리 벽 앞에 세워놓고 보니,
쭈뼛쭈뼛 무표정한 게 영락없는 아프간 난민촌의 전쟁고아들 같았다.
나는 먼저 우스꽝스러운 춤을 춰서 아이들을 자지러지게 만든 다음
셔터를 눌렀다.
사진을 보고 나면 괜히 기분이 좋아지고,
가슴 한구석이 따뜻해지는, 그런 사진을 찍고 싶었다.

바미얀, 아프가니스탄

할머니의
못

미스투지, 파키스탄

아이들을 벽 앞에 일렬로 세우는 건 내가 했지만
저렇게 웃게 만든 건 옆에 계신 아이들의 할머니 몫이었다.

50루피의
거짓말

📷

50루피(1200원)를 내놓기 전에는 절대 사진을 찍을 수 없다고 했다. 소녀들은 이미 사진을 찍는 행위가 돈이 된다는 걸 잘 알고 있었다. 하지만 사진 한 장에 50루피라니 이건 터무니없이 비쌌다. 값을 깎아보려 했지만 소녀들은 막무가내였다. 50루피 아니면 절대 사진을 찍을 수 없다고.

평소 같으면 치사해서라도 안 찍고 돌아섰겠지만, 모래알과 낙타 눈썹만 휘날리는 이곳 인도 사막에서 화려한 장신구로 치장한 어여쁜 소녀들은 그야말로 일급 모델이었다. 나는 뒷감당은 나중에 하기로 하고 그럼 50루피를 줄 테니 사진을 찍자고 거짓말을 했다.

사진을 찍고 나서 난 사실을 털어놓았다. 50루피는 줄 수 없다고. 그건 너무 비싸다고. 그러자 소녀들은 잔뜩 실망한 표정을 지으며 방 안으로 쏙 들어가버렸다. 나는 미안한 마음에 사진 찍힌 제 모습이라도 보여주려고 사진기를 슬쩍 들이밀었다. 그러자 냉담하던 소녀들의 얼굴이 금세 풀어지며 손가락으로 자신과 친구들의 모습을 신나게 가리키느라 바빴다. 50루피는 벌써 잊어버린 듯했다.

지난 3주간의 라자스탄 여행은 그야말로 고역이었다.
45도를 훌쩍 뛰어넘는 더위에 미친 듯이 불어대는 사막의 모래바람은 날 시체로 만들어버리기에 충분했다.
그래도 꾸역꾸역 힘을 내서 찾아간 자이살메르 사막. 그곳엔 날 굴리려고 계속 발가락을 간지럽히는 수많은
쇠똥구리들과 근처 마을에서 놀러온 강아지들이 있었다. 이 친구들 덕에 이때만큼은 전혀 힘들지 않았다.
자이살메르, 인도

가족을 쫓다

일명 '푸른 도시(blue city)'라 불리는 인도 라자스탄 주 조드푸르.
온 동네 건물이 파랗다.
원래는 지배계층인 브라만이 권위를 내세우고자
자신들의 집을 시바신(힌두교 3대 신 중 하나)의 상징색인 파란색으로
칠한 데서 유래했으나 요즘은 아무나 칠한다고.
높이 125미터의 바위산에 세워진 웅장한 메헤랑가르 성에 올라
석양을 받으며 푸른빛을 뽐내는 도시를 굽어보는 일은
조드푸르에서 가장 중요한 일과였다.
이날도 일몰구경을 마치고 성에서 막 내려오는 길이었다.
가족을 실은 스쿠터가 내 앞을 휙 하고 지나갔다.
순간 파블로프의 개처럼 여행사진사의 본능이 발동했다.
나도 모르게 스쿠터를 따라 뛰기 시작한 것이다.
다행히 골목이 구불구불하고 여기저기 소들이 누워 있는지라
스쿠터는 제 속력을 내지 못했다.
잡힐 듯 안 잡힐 듯 나는 가족을 죽어라 쫓아갔다.
그런데 뒤에 탄 아주머니와 꼬마는 내 꼴이 재미있다는 듯
웃기만 할 뿐 멈출 생각을 안 했다.
그때 이 모습을 구경하던 한 남자가
스쿠터에 대고 뭐라 소리쳤다.
그러자 스쿠터는 끼익하고 멈췄다.
힌디어를 알아듣지는 못하지만
정황을 파악해볼 때 이런 말이 분명했다.

"여보게, 잠시 멈춰주게나.
뒤에서 어느 청년이 자네 가족을 열심히 쫓아가고 있다네."
나는 거친 숨을 몰아쉬며 다가가
아저씨에게 사진을 찍어도 되느냐고 물었고 흔쾌히 승낙을 받았다.
숙소에 두고 온 폴라로이드 사진기가 자꾸만 눈에 밟혔다.
이럴 때 써먹으려 가지고 다니는 건데.
어쨌든 난 원하는 사진을 찍었고,
스쿠터는 아주머니의 붉은색 사리를 꼬리처럼 흔들며 사라졌다.
이 사진을 크게 인화해서 예쁜 액자에 담은 다음,
인도 조드푸르 어딘가에 있을 가족의 집을 찾아가
잘 보이는 곳에 걸어주고 싶다.

영화 〈김종욱 찾기〉의 여주인공 지우가 간직한 첫사랑의 기억이 푸른빛으로 감도는 곳 조드푸르.
이럴 땐 영화보다 앞선 여행의 순서가 아쉽다. 영화를 먼저 만난 후 메헤랑가르 성에 올랐더라면 나 역시
첫사랑의 기억을 애써 찾으려 했을지도 모른다. 나는 푸른 도시를 바라보며 단순히 아름답다는 감상 이외에
어떠한 감정의 전진도 없었던 것 같다.

결정적
순간

📷

"Stop!!!"

나는 운전수 살로몬의 귀가 떠나갈 정도로 소리를 질렀다.
그러고 나서 차 문을 박차고 나가 온몸을 때리는 비를 맞으며
소떼의 행렬로 다가갔다.
거기에는 소 밑에서 비를 피하는 목동들이 있었다.
거친 빗줄기에 소들은 우왕좌왕하고 있었고
나도 소들만큼이나 우왕좌왕했다.
급하게 나오는 바람에 카메라 세팅을 제대로 해놓지 못한 것이다.
셔터속도는 80분의 1초를 가리켰다.
평소 같았으면 조리개를 열어 더 빠른 셔터속도를 확보했겠지만
그럴 새가 없었다.
하는 수 없이 되는대로 셔터를 눌렀다.
그것도 겨우 한 장.

소들이 마구 움직이며 소년들을 금세 가려버렸기 때문이다.
이날 숙소로 돌아와 노트북으로 사진을 확인한 나는 깜짝 놀랐다.
사진 속에는 가늘고 기다란 빗줄기가 선명하게 내리고 있었다.

사진 찍을 당시에는 소 밑에 숨어 비를 피하는 목동에만
신경을 썼지 비까지 담을 생각은 하지도 못했다.
그러고 보니 빗방울의 궤적은 어쩔 수 없이
선택한 느린 셔터속도 덕분에 찍힌 것이었다.
게다가 하필 아이들이 숨어 있던 소는
하얀 빗줄기를 더할 나위 없이 잘 드러내주는 검은 소였다.
만약 차에서 조금만 늦게 뛰쳐나갔더라면,
셔터를 조금 더 빠르게 했다면,
왼쪽 앞에 있는 소가 조금만 더 움직였다면,
셔터를 누를 때 조금이라도 흔들렸다면,
목동들이 숨어 있는 소가 밝은색이었다면,
소년들의 표정이 굳어 있었더라면,
이 사진은 결코 찍을 수 없었을 것이다.

사진의 거장 앙리 카르티에 브레송은 기하학적으로
가장 좋은 카메라 위치를 직감적으로 찾아내고는 광선과
피사체의 표정, 형태 등이 어울려 최상의 효과를 내는
바로 그 순간에 셔터를 누른다고 했다.
그것이 이른바 '결정적 순간'이다.
나는 이 사진이 바로 그 결정적 순간을 잡아낸 것이라고 생각한다.
다만 카르티에 브레송은 결정적 순간을 포착하는 데 있어
사진가의 면밀한 관찰과 준비가 필요하다고 했지만
내겐 순전히 운이 따라주었을 뿐이다.
하지만 그렇기에 더욱더 결정적인 순간이 아닐까.

콘조, 에티오피아

프로와
아마추어

📷

어느 나라에 가든 우선 가장 큰 서점에 간다. 그곳에 가면 유명 사진
작가들의 사진집이 있다. 책방 한구석에 쪼그리고 앉아 사진집을 한
장 한 장 넘겨보노라면 감동이 파도처럼 밀려온다. 어쩜 구석구석 잘
도 돌아다니며 이런 기가 막힌 사진을 찍었을까. 나는 분명 같은 장소
에 와 있지만 사진집 속의 세상은 또 다른 세상이다.

여행 중 만난 이런 사진집은 내게 많은 영향을 주었다. 사진을 가르쳐
주었고 때로는 여행의 나침반이 되어주었다. 스티브 매커리의 사진집
은 내 사진을 뿌리부터 바꿔놓았고, 나를 인도 홀리 축제와 예멘의 어
느 시골마을로 이끌었다. 태국에서 만난 일본 사진작가 노마치의 책
은 내게 에티오피아에 대한 꿈을 키워주었고, 파키스탄에서 만난 프
랑스 사진작가 롤랑과 사브리나 부부의 사진집은 가뜩이나 아프가니
스탄에 가고 싶어 활활 타오르던 내 가슴에 기름을 부었다.

사실 이건 뱁새가 황새를 쫓아가려다 가랑이가 찢어지는 격이다. 나
는 프로 사진작가에 비해 실력, 장비, 경비, 일정, 교통수단 등 모자라
는 구석이 너무도 많았다. 내가 더 낫다고 생각되는 건 단 한 가지, 여
행과 사진에 대한 순수한 열정이었다.

인류의 조상이 살던 뿌리 깊은 땅 오모 계곡, 그곳에 사는 바나족 마을에 방문했을 때의 일이다. 때마침 마을 공터에선 일주일에 한 번 있는 시장이 열렸고 많은 사람들이 모였다. 바나족 여인들은 참 특이한 방법으로 인사를 나눴다. 서로 눈을 지그시 감고 정면으로 키스를 나누는데 그 모습이 마치 연인 사이 같았다.

나는 이 묘한 장면을 사진으로 담아보려 애를 썼으나 여의치 않았다. 입술과 입술이 부딪히는 장면이 너무 순식간에 일어나기도 했지만 그보다도 바나족 여인들의 수줍음이 문제였다.

연기를 하고 있는 바나족 처녀가 연신 어색한 표정을 지어 보인다.
프랑스 사진작가 로베르 두아노의 그 유명한 사진, 〈시청 앞에서의 키스〉 역시 훗날 연출사진으로 밝혀졌다.
연출사진이 나쁘다는 게 아니라, 연출을 하려면 로베르 두아노처럼 제대로 해야 한다는 말이다.

이날 시장에는 질서를 흐리는 한 무리의 프랑스 사진작가들이 있었다. 이들은 시장을 들쑤시고 다니며 사람들 사진을 찍었는데, 사진 한 장에 닭 한 마리는 거뜬히 살 수 있는 돈을 뿌리는 통에 마을 사람들이 서로 찍겠다고 난리였다. 결국 바나족 여인들의 아름다운 인사법은 이들 눈에도 걸려든 모양이었다.

급기야 얼굴이 예쁘고 장신구가 화려한 두 여인을 불러 세워놓고 키스 인사를 연출하기에 이르렀다. 하지만 배우가 아닌 이들의 연기가 제대로 될 리 없었다. 많은 구경꾼 앞에서 여인들은 NG를 연발했고, 프랑스 사진작가들은 속이 타다 못해 얼굴까지 까매질 지경이었다. 결국 그들은 원하는 사진을 찍지 못하고 철수했다.

이제 지프로 돌아가야 할 시간이 다 되었건만 내 두근거리는 마음은 아직도 바나족 여인과의 키스를 상상하고 있었다. 그때 한 여인을 발견했다. 주변을 자꾸 두리번거리는 걸 보니 누군가를 기다리고 있는 게 분명했다. 나는 얼른 근처 나무둥치에 숨어 그녀가 기다리는 사람을 기다렸다. 서로 만나면 반드시 키스로 인사를 나눌 것이었다.

카메라에 평소에는 거의 쓰지 않는 망원렌즈를 갈아 끼우고 미리 초점 거리와 노출을 맞추었다. 역시 자주 쓰지 않는 연속촬영모드도 모처럼 가동했다. 잠복대기 10여 분. 드디어 섬세한 문양의 모자를 쓴 한 여인이 다가왔다. 한 발 한 발 둘은 점차 가까워졌고 나는 먹잇감을 노려보며 풀밭에 숨은 치타처럼 숨죽인 채 카메라를 살며시 들었다.

키가 좀더 큰 여인이 허리를 숙였고, 둘은 일제히 눈을 감아 서로의 입술을 맞이했다. 뷰파인더의 빨간색 초점네모가 두 여인의 밀착된 입술 위에서 깜빡거리는 순간, 나는 힘차게 셔터를 눌렀다.

그러고는 재빨리 근처에 있는 헛간으로 달려가 액정화면으로 어둠을 밝혔다. 그 속에는 서로 연인 사이라 해도 믿을 만큼 다정한 두 여인이 한낮의 햇살 아래 달콤한 키스를 나누고 있었다. 당장 아까 시장 한복판에서 난리를 피우던 프랑스 사진작가들에게 달려가 한바탕 자랑을 해주고 싶었다. 때론 아마추어도 프로를 이길 수 있다.

바나족 남성의 전매특허는 알록달록한 미니스커트.
몸매는 군살 하나 없이 쭉 뻗어 있다. 의료시설이 전무한 이곳에서 살아가려면 이 정도 훌륭한 유전자는 가지고 있어야 한다고 자랑이라도 하는 듯하다. 카야파, 에티오피아

색에 홀리다
인도 홀리 축제

색의 축제 홀리. 봄을 맞이하여 벌이는 인도에서도 가장 요란스런 그
리고 가장 오래된 축제다(홀리의 역사는 기원전으로 거슬러 올라간다). 사
실 네팔을 도망치듯 빠져나와 바라나시로 직행한 이유는 바로 홀리 때
문이었다. 그렇다고 내가 뭐 홀리에 대해 대단한 지식이나 감상을 가
지고 있었던 건 아니다. 순전히 스티브 매커리의 사진 한 장이 나를 이
날, 이곳으로 이끌었을 뿐. 온몸에 붉은 물감을 뒤집어쓴 채 새하얀 눈
알을 번뜩이는 사내아이의 사진. 나도 한번 그런 사진을 찍어보자던
것이다. 하지만 바라나시를 방문한 여행자에게는 이미 주의 경고가

단단히 떨어졌다.

'홀리 당일 오전에는 숙소 밖으로 나가지 말 것.'

모든 게스트하우스는 아예 대문을 굳게 잠가버렸다. 하지만 난 그런 경고 따위는 가뿐히, 아니 큰맘 먹고 무시하기로 결정을 내렸다.

축제날 아침, 어른 아이 할 것 없이 뭔가 심한 장난을 치느라 시끌벅적한 소리를 듣고 잠에서 깼다. 시계를 보니 9시. 예상대로라면 말로만 듣던 그 색의 축제가 한창일 시각이다. 우선 팬티 바람으로 베란다에 나가 상황을 살폈다. 바깥 풍경은 상상했던 것보다 훨씬 재미나 보였지만, 어찌 보면 심각해 보였다. 한동안 맑던 하늘은 얼굴을 잔뜩 찌푸린 채 보슬비를 뿌려대고, 사람들은 옥상, 발코니에 올라앉아 밑으로 지나가는 사람들에게 그야말로 물감 세례를 퍼붓고 있었다. 길거리는 각종 쓰레기, 똥, 빗물, 그리고 형형색색의 물감들이 온통 뒤섞여 한 폭의 추상화를 연상시켰고, 그 그림 속에 있는 사람들은 하나같이 염색장에 사는 생쥐 꼴이었다.

'지금 밖으로 나가면 나도 한 마리의 생쥐가 될 것이 뻔한데.'

방으로 들어오면서 잠시 고민에 빠졌다. 그러나 번뜩 스친 생각.

'더욱 치열하고 도전적인 여행을 할 것!'

당장 검은색 티셔츠에 수영복 바지, 카메라를 보호하기 위한 점퍼를 걸치고 숙소를 나섰다. 물론 숙소 주인장의 만류를 뿌리치고 말이다. 골목길에 들어서자마자 인도 사람들이 '그래 너 한번 잘 나왔다'라는 얼굴로 다가오기 시작한다. 이미 여기저기에서는 방향을 가늠하기 힘든 물감풍선들이 날아와 내 따귀와 뒤통수를 때렸고, 상당량의 물감이 머리 위에 통째로 떨어졌다.

'내 몸은 스머프가 되어도 좋다. 카메라만 살려다오.'

홀리 축제에는 모두 다섯 가지 색이 쓰인다. 초록, 주황, 파랑, 빨강, 노랑.
이 중 빨강은 사랑과 열정을 의미하며 축제에서 가장 인기 있는 색. 이 사진을 찍고 난 후 아이가 물고 있던
붉은 물감풍선은 내게 정통으로 날아들었다. 내 얼굴과 카메라는 사랑과 열정으로 물들었다.

나의 이런 순진한 소망은 꼬마들의 인정머리 없는 불삼사석에 어지없이 짓밟히고 말았다. 그래도 난 좋았다. 정말 신났다. 물감을 잔뜩 뒤집어쓴 카메라를 셔츠로 쉴 새 없이 닦아가며 이 유별나고 신명나는 축제를 열심히 사진기에 담았다. 찍은 사진이 어떻게 나왔는지 액정 화면을 확인할 겨를도 없었다. 그랬다가는 가뜩이나 사격솜씨 좋은 아이들 앞에서 고정된 표적이 되기 십상이었다. 끊임없이 움직이며, 그리고 끊임없이 물감을 뒤집어쓰며 마치 미로 같은 바라나시 골목을 마구 헤집고 다녔다. 카메라를 들고 온몸은 단풍 무지개가 된 채 골목을 활보하는 동양 청년의 모습이 인도인들에겐 무척 재미가 있었던지 만나는 사람마다 유쾌한 웃음을 터뜨려줬다. 사실 인도에 온 지 고작 일주일밖에 안 되는 기간 동안 얼마나 그들에게 실망하고 화를 내고 짜증도 많이 부렸던가. 그런 모든 아쉬움은 화려한 물감에 뒤덮여 즐거운 추억으로 변해버린 지 오래였다.

내게 아낌없이 물감풍선을 던져준 아이들. 축제에 어울리지 않게 얼굴이 깨끗하다며 검은 손바닥을 볼에 비벼준 아저씨. 초록색 분말가루를 온몸에 뿌려준 아이들. 제발 그것만은 하지 말아 달라는 간곡한 부탁을 단호히 무시하고, 아이 두 명은 들어가서 목욕할 수 있는 대야 속 물감을 쏟아준 아이들. 내 모습을 보고 축제가 정말 즐겁지 않으냐며 엄지를 치켜든 경찰 아저씨들. 마지막으로 "해피 홀리!"라며 물감에 절은 손으로 악수를 청해왔던 아이들에게 모두 고맙다는 말을 전해주고 싶다. 그리고 그동안 너무 짜증내서 미안하다고도 말이다.

그래. 난 어디까지나 당신들의 일상 방해꾼에 불과한 이기적인 여행객일 뿐이다.

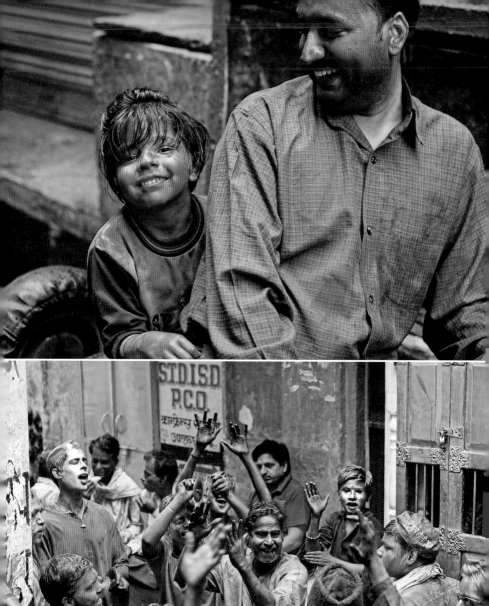

홀리는 인도를 지배하는 모든 담장을 허물기도 한다. 이날만큼은 부자와 가난한 자, 계급이 다른 자,
여성과 남성, 어른과 아이, 심지어 인간과 동물의 구분마저도 무의미하다.
그저 물감을 끼얹는 자와 물감을 뒤집어쓰는 자만이 존재할 뿐. 본디 축제란 그런 것이다.
일상을 짓누르는 억압을 잠시 벗어던지고 원기를 충전, 다시금 일상을 살아갈 수 있게 하는 것. Happy Holi!

모터사이클
다이어리

동남아시아에서는 다른 곳에 흔치 않은 독특한 여행의 기술을 써먹을 수 있다. 그건 바로 오토바이다. 단돈 3달러면 온종일 오토바이를 빌릴 수 있다. 이건 배낭여행자에겐 가히 혁명적인 일. 가이드북의 치맛바람을 벗어나 비로소 자신만의 여행지를 찾아다닐 수 있기 때문이다.

사실 배낭을 메고 다니며 이동수단이라고는 두 발 혹은 대중교통이 전부인 여행자는 행동반경이 좁을 수밖에 없다. 여행은 우선 볼거리가 몰려 있는 곳을 찾아가는 것에서부터 시작하는데. 목적지에 도착해 일단 무거운 배낭을 부려놓고 나면 어디를 돌아다니든 숙소에서 몇 킬로미터 범위를 벗어나지 못한다. 설사 버스를 타고 그 범위를 벗어난다 하더라도 어차피 동선은 노선을 따라 정해져 있으며. 차창 밖으로 맘에 드는 곳을 발견했다고 해서 버스를 세워 무작정 내릴 수도 없는 노릇이다. 그래서 많은 여행자가 기껏해야 자전거를 빌리곤 하는데 이 역시 많은 체력과 수고를 필요로 하는지라 대장정을 떠나긴 힘들다. 하지만 오토바이는 다르다. 기름만 배불리 채워준다면 수십 킬로미터 달리는 건 우습다.

긴긴 여행을 하면서 가장 굳게 믿어야 할 것 두 가지는 바로 자기 자신과 버스 운전사의 운전 실력이다.
특히 히말라야의 산길을 주행하는 버스의 운전은 차라리 곡예에 가깝다.
여행 중 내가 만난 모든 버스 운전사들에게 감사의 마음을 전한다. 우정공로, 티베트

캄보디아의 수도 프놈펜. 과거 크메르루주의 민간인 학살 장소인 킬링필드를 보고 나니 남은 건 지독한 매연과 소음뿐이었다. 당장 오토바이를 빌려 나만의 여행지 찾기에 나섰다. 물론 가이드북은 필요 없다. 어차피 책에 나와 있는 프놈펜 지도를 벗어나도 한참 벗어날 것이기 때문이다. 나는 이럴 때 주로 동서남북 중 그날 기분에 따른 한 방향으로만 달린다. 그래야 나중에 되돌아오기가 쉽다. 따라서 나침반이 필수다. 내 카메라 가방에는 중국에서 산 조악한 나침반이 항상 매달려 있었다. 여행이 끝나갈 무렵 에티오피아에서 만난 어느 소년에게 목걸이에 대한 답례로 줘버리긴 했지만.

이날도 한 방향을 정해 구준히 달렸다. 프놈펜 시내에서 한 30킬로 미터 벗어났을까. 정말 아름다운 수상마을을 만났다. 물론 가이드북에는 나와 있지도 않고, 다른 여행자들로부터 들어본 적도 없는 순전히 내가 발견해낸 곳이었다. 이미 원주민들이 살고 있었지만 신대륙을 발견했다고 주장한 콜럼버스의 미음을 십분 이해하는 순간이다.

하지만 이곳은 수상마을인지라 둘러보려면 배가 필요했다. 게다가 저 멀리 수상교회에서는 아이들이 다이빙을 하고 있었는데 난 먼발치에서 지켜보며 입맛만 다셔야 했다. 그때 눈치 빠른 한 소년이 다가와 1 달러만 주면 배에 태워준다고 했다. 그렇게 해서 수상교회 가까이 다가간 나는, 아이들의 생생한 다이빙 놀이를 사진에 담을 수 있었다.

여행을 하면서 수많은 여행자를 만났다. 그중에서도 제일 부러웠던 여행자는 바로 자신만의 이동수단을 가지고 있는 이들이었다. 자전거, 오토바이, 캠핑카, 버스, 혹은 아예 걸어서 여행하는 자. 심지어 에티오피아에서는 당나귀를 타고 여행하는 여행자도 있었고, 이란에서는 조각배를 타고 3개월 동안 카스피해를 횡단한 일본 여행자도 보았다. 그들은 가고 싶으면 가고, 멈추고 싶으면 서고, 자고 싶은 데서 자고, 보고 싶은 걸 보고, 그럼으로써 더 순수하고 다양한 사람들을 만났을 것이다. 내가 누리는 여행의 자유와는 또 다른 차원의 자유다.

그 위험하다는 아프가니스탄을 자전거로 횡단하던 백인청년의 모습은 지금도 내 머릿속에 자유와 도전의 상징으로 각인되어 있다. 내가 탄 미니버스가 그 청년을 추월하기 위해 먼지를 뿌옇게 일으키며 속력을 내던 그 순간, 나는 알 수 없는 부끄러움에 사로잡혔다. 그리고 그날 저녁, 내가 묵고 있던 숙소 입구에서 진흙투성이가 된 청년의 자전거를 발견하곤 황급히 자리를 뜨고 말았다. 아무래도 청년과 정면으로 마주칠 자신이 없었던 것이다. 유치하지만 내가 졌다는 생각이 들었다. 나에겐 그런 용기가 있는가.

그래서 난 자유의 외연을 넓혀보고자 여러모로 노력을 많이 했다. 오토바이를 빌릴 수 있으면 최대한 빌리고 그것이 안 되면 자전거라도 빌려 탔다. 가끔 여행자를 모아 지프를 빌리기도 했다. 파키스탄에서는 두 달 여정으로 이란까지 자전거를 타고 가려는 계획을 세웠다가 무산되기도 했다(아프가니스탄에 들어가지 못하면 그에 대한 보상으로 결행할 생각이었다).

체 게바라는 '포데로사'라는 이름의 오토바이를 타고 8개월간 남아메리카를 여행한 후 의사의 길을 포기하고 전설적인 혁명가의 길로 들어섰다. 과연 나는 이 여행이 끝난 후 어떤 혁명을 하고 있을까. 사회 혁명은 아니더라도, 인생 혁명이라도 좋다.

에티오피아에서 만난 누군가가 말하길 튼튼한 일본제 자동차가 아니면 거친 아프리카 땅을 견딜 수 없다고 했다.
인정하기 싫지만 여행자들도 일본제 지프의 덕을 톡톡히 본다. 그 와중에 간혹 한국산 자동차라도 만나면
그렇게 반가울 수가 없다. 고국을 떠난 여행자는 애국자가 된다.   징카, 에티오피아

개미의
여행

파키스탄 국경에서 아프가니스탄 수도 카불로 향하는 길. 내가 탄 토요타 코롤라 택시는 툭하면 타이어에
펑크가 났다. 운전수가 타이어를 고치는 사이 함께 탄 아프간 사람들은 절벽을 두리번거렸다.
이유인즉슨 탈레반이 매복해 있을지 모른다는 것. 평화로워 보이는 양떼 풍경 반대편에는 간밤에
로켓포 공격을 당해 활활 불타고 있는 나토군 유조차가 쓰러져 있었다.   잘랄라바드, 아프가니스탄

여행의 길목에는 수많은 위험이 도사리고 있다.
선진국이 아닌 제3세계를 여행할 때는 더욱더 그렇다.

중국 남부 고원에선 툭하면 버스가 낭떠러지 아래로 굴러떨어졌다.
조류독감이 동남아시아 전역을 휩쓸었고,
파키스탄에선 대지진이 일어났다.
인도에선 좀도둑이나 사기꾼이 들끓었다.
아프가니스탄에선 지뢰와 폭탄 테러가 난무했으며
예멘에서는 외국인 납치가 심심할 만하면 일어났다.
에티오피아에서는 우기가 끝나자 말라리아가 창궐했다.
나는 이 모든 위험을 요리조리 잘도 피했다.
사실 내가 피했다기보다는 위험들이 피해줬다고 표현하는 게 맞겠다.

세계에서 세 번째로 높은 산, 칸첸중가를 가까이서 볼 수 있는 인도 시킴 주에 다다랐다.
히말라야 산길에 난데없는 교통체증이라니. 지프 밖으로 나와보니 족히 수십 미터는 될 법한 나무가 쓰러져
길을 막고 있었다. 사람늘은 아무렇지 않은 표정으로 박을 타듯 나무를 잘라냈다.
길이 다시 뚫리기까지의 두어 시간이 전혀 지루하지 않았다. 시킴, 인도

아프가니스탄 북부 마이마나에서 서부도시 헤라트로 향하는
1박 2일의 여정이었다. 함께 버스에 탄 현지인들이
도적에 대해 경고했다.

앞으로 지나칠 산악 지역은 총을 들고 말을 탄 도적들이
출몰하는 곳인데 재수 없게 걸리면
입고 있는 옷을 제외하고 모든 걸 내놓아야 한다는 것이다.
얼마 전에는 버스 한 대가 통째로 털렸다고 했다.
순간 모골이 송연해지면서 피가 거꾸로 흐르는 것 같았다.
다른 건 몰라도 카메라와 여권은 절대 뺏길 수 없었다.
그나마 사람을 죽이지 않는다는 게 다행이라면 다행이었다.
비좁은 버스 안에서 나는 계속 도적의 출현을 걱정했다.
아무리 생각해봐도 뾰족한 수가 떠오르지 않았다.
내가 할 수 있는 건 복대에서 100달러짜리 지폐 뭉치를 꺼내
분산해서 보관하는 정도였다. 정말 도적을 만나게 되면 여행이고
뭐고 모든 게 끝장이었다.

도적에 대한 별의별 상상을 다 했다. 만약 그들이 카메라를
가져가려 한다면 끝까지 저항을 불사하리라 마음먹기까지 했다.
차창 밖 풍경은 저리도 고요하고 평화로운데
내 머릿속은 이미 도적떼가 여러 번 짓밟고 지나갔다.

그러다 문득 이런 생각이 들었다.

정작 지금 나를 휘감고 있는 공포와 두려움은 아직 얼굴도
보지 못한 도적이 아니라, 바로 나 자신이 만들어낸 것이었다.
내가 파놓은 구덩이에 내가 들어가서 살려달라고 외치는 꼴이었다.
나는 얼른 구덩이에서 빠져나왔다. 그러고는 원래부터 구덩이가
없었던 것처럼 흙으로 말끔히 덮어버렸다.
앞으로 내게 벌어질 일들을 그냥 운명처럼 받아들이기로 했다.
그러자 한결 마음이 편해졌다. 억지로 잠을 청했다.
잠에서 깨어보니 버스는 어느새 헤라트 시내로 진입하는
아스팔트 위를 쌩쌩 달리고 있었다.
그렇게 걱정했던 도적은 결국 나타나지 않았다.

긴 여행은 어쩌면 자신의 운명을 시험하는 좋은 기회일지도 모른다.
그건 한 마리의 개미가 명동 한복판을
처음부터 끝까지 여행하는 것과 같다.
만약 운이 좋다면 사람들에게 밟히지 않고
목적지까지 기어갈 수 있을 것이다.
조심할 거 다 조심했는데 일이 터지면 어쩔 수 없다.
그저 한 마리의 운이 좋은 개미가 되길 바랄 뿐이다.

발가락과
맞바꿀 뻔한 사진

📷

나는 여행도 열심히 했지만 사진도 정말 열심히 찍었다. 가끔 보면 여행을 위해 사진을 찍는 건지, 사진을 위해 여행을 하는 건지 헷갈릴 정도였다. 카메라는 언제 마주칠지 모르는 명장면을 잡기 위해 잠잘 때를 빼고는 언제나 내 몸에 걸려 있었고, 그날의 일과가 끝나고 숙소에 돌아오면 대부분의 시간을 사진 정리하는 데 쓰느라 정작 여행을 정리할 수 있는 일기는 밀리기 일쑤였다.

게다가 좋은 사진을 찍는답시고 위험한 행동을 서슴지 않았다. 나무 위에 올라가고, 난간에 매달리고, 철로나 도로에 뛰어들고, 바닷물이나 빗속을 헤매는 등 갖은 위험한 상황에 온몸과 카메라를 내던졌다. 그러고는 내가 봐도 프로 같은 내 모습에 도취하곤 했다. 사진도 그렇게 찍으니 보답이라도 하듯 잘 나오는 것 같았다.

그러던 어느 날 인도 콜카타에서 이런 나를 일깨우는 사건이 벌어졌다. 콜카타의 명물은 뭐니뭐니 해도 맨발의 인력거와 샛노란 택시, 그리고 낡아빠진 전차다. 특히 전차는 영국 식민지 시절부터 사용된 것으로 녹이 슬고 때가 낀 것은 기본이요 창문은 아예 달려 있지도 않다.

길을 걷다가 신호에 걸린 전차를 발견했다. 밖에서 창문을 통해 내부를 찍으면 멋진 사진이 나올 것 같았다. 나는 멈춰 있는 전차에 바짝 붙어 머리를 창문으로 집어넣은 채 사진을 몇 장 찍었다. 그때, 갑자기 철커덩 소리와 함께 전차가 움직였다. 나는 움찔하며 머리를 거두고 본능적으로 아래를 내려다보았다. 무시무시한 전차의 쇠바퀴가 내 왼발을 향해 굴러오고 있었다. 전차 궤도는 기차와 달리 레일이 바닥에 숨어 있는 구조인데, 그 바람에 난 그저 평지를 밟고 있는 줄로 착각한 것이다. 전차의 바퀴는 샌들을 신고 있는 내 여린 왼발을 집어삼키기 직전이었다. 나는 내가 할 수 있는 가장 빠른 동작으로 발을 빼냈다. 인간의 운명은 이렇게 간발의 차이로 결정된다.

나는 도로변으로 빠져나와 땅바닥에 그대로 주저앉았다. 영혼까지 달아난 느낌이었고, 머리는 마치 잠에서 방금 깬 것처럼 어지러웠다. 멍청한 내가 너무나도 미웠다. 도대체 무슨 생각으로 그런 짓을 했는지. 생각하면 할수록 나 자신이 한심했다. 조금만 늦었다면 어떤 일이 벌어졌을까. 끔찍한 상상이 꼬리에 꼬리를 물고 이어지자 온몸이 부르르 떨렸다. 한편 그 상황에서 나를 지켜준 누군가에게 한없이 감사했다. 종교가 없는 나도 이럴 땐 신을 찾는다.

이날 이후로 나는 여행을 마치는 그날까지 위험한 행동은 절대 하지 않았다. 그 덕택에 나머지 여행을 무사히 마치고 집으로 돌아올 수 있었다. 나는 나 자신과 내 여행이 더욱 소중한 것이지, 그깟 사진은 안 찍어도 그만이라는 것을 뼈가 저리도록 깨달았다.

이 사진 한 장과 내 발 하나를 바꿀 뻔했다. 아니, 내 인생을 통째로 바꿨을지도. 고작 사진 한 장과 말이다.

유아 사망률이 높은 인도에서는 아이의 눈 주위를 검게 칠해 악귀를 내쫓는 풍습이 있다.
가뜩이나 커다란 인도 아이들의 눈망울은 더욱 확장된다.

죽음의 여신 칼리가 사는 곳 콜카타. 콜카타(Kolkata)라는 도시 이름 역시 칼리가트(Kalighat),
즉 '칼리의 집'에서 유래했다. 칼리의 눈을 피해 나를 지켜준 신은 과연 누구일까.

아찔한 새해

죽을지도 모르는 경험을 하고 싶나. 디만 죽을 뻔해야지 죽어서는 안 된다. 물론 다쳐서도 안 된다. 그래야 여행을 다녀와서 두고두고 사람들에게 자랑할 수 있는 무용담이 되니까.

이번 여행을 앞두고 내가 가졌던 수많은 소망 중 하나다. 왠지 세계 여행을 했으면 죽을 뻔한 경험 하나쯤은 있어야 한다고 생각했다. 하지만 이런 소망이 얼마나 형편없고 후회할 일인지 깨닫는 순간은 의외로 빨리, 두 번째 여행지 중국에서 찾아왔다.

당시 나는 또 한 번의 지독한 설사를 앓고 있었다. 석 달 전 베이징대 학병원에서 지어준 약이 이번에는 듣지 않았다. 희경이 누나와 원호 형은 근심스런 눈빛으로 내게 물었다.

"정말 갈 수 있겠어?"

두 분은 한 달 전 중뎬의 어느 한국 식당에서 처음 만나 지금까지 함께 여행을 하고 있는 사이좋은 부부다. 나는 대답했다.

"여기까지 왔는데 돌아갈 순 없어요. 이틀만 꾹 참아보죠, 뭐."

우리는 혹한을 뚫고 쓰촨성 야딩자연보호구 입구에 있는 르와 마을까지 기어코 찾아온 참이었다. 야딩자연보호구는 중국에서도 가장 아름다운 곳으로 꼽힌다. 6000미터에 달하는 설산 세 개가 삼각형 모양으로 우뚝 서 있는 이곳은 티베트 사람들에게는 수미산 못지않은 성스러운 순례지다. 1928년 미국 여행가인 조셉 록은 이곳을 여행한 후 『내셔널 지오그래픽』에 사진과 여행기를 기고했는데, 그 풍경이 너무나 기막힌 나머지 제임스 힐튼의 소설 『잃어버린 지평선』에 등장하는 이상향 샹그릴라에 영감을 주었다고 한다.

그나저나 나는 정말 죽을 맛이었다. 먹는 족족 앞으로 토해내고, 뒤로 술술 쏟아져나오니 힘이 있을 턱이 없었다. 결국 보호구 입구부터 말에 올라탔다. 하지만 얼마 안 가 마부는 말을 데리고 돌아가버렸다. 빙판이 너무 많아 말이 위험하단다. 희경이 누나가 무책임한 마부와 말싸움을 벌이는 사이 난 빙하가 녹아 흐르는 시냇물에 아침 먹은 걸 게워내고 있었다.

하룻밤 묵을 낙융목장에 느지막히 도착했을 때 난 이미 탈진상태였다. 예상치 못한 겨울 손님의 방문에 기쁨을 감추지 못하는 목장의 주인 부부는 냄새가 구수한 쌀죽을 내왔지만 죽이라 그런지 뒤로 더 잘 나왔다. 그날 밤, 시린 공기에 엉덩이를 까고 앉아 바라보던 별들로 충만한 하늘은 잊을 수가 없다. 만신창이가 된 내 몸을 비웃기라도 하듯 정말 아름다웠다.

다음 날 아침, 혹시나 했지만 역시나 몸 상태는 나아진 게 없었다. 그냥 이 몸으로 하루를 견뎌내는 수밖에. 정보에 의하면 우린 이제 낙융목장을 출발해 니우나이하이(牛乳海)와 우써하이(五色海)를 지나 셴나이르(仙乃日)산을 오른편으로 끼고 4700미터가 넘는 두 개의 큰 고개를 넘어야 어제 우리가 출발했던 입구에 다다를 수 있었다. 걸리는 시간은 사람에 따라 대략 7~9시간. 우리가 목장을 나선 게 아침 8시니 아무리 늦어도 저녁 5시 이전에는 도착해 르와 마을로 되돌아갈 수 있었다. 전날 우리를 태워다 준 트럭운전수는 오후 4시까지 오기로 이미 약속이 되어 있었다.

듣던 대로 야딩자연보호구의 풍경은 환상적이었다. 뾰족한 꼭대기가 인상적인 잠베양봉은 과연 중국판 로키산맥이라 불릴 만했고, 우유(牛乳)를 풀어놓은 바다(海) 같다고 해서 니우나이하이라 이름 붙여진 호수는 영롱하기 짝이 없었다. 이 정도면 지금까지의 고생을 보상받기에 충분하다고 생각했다.

오후 3시쯤이 되자 이상한 점이 감지됐다. 하루 종일 죽어라 올라왔으니 이제 내려갈 때가 됐건만 내리막은 나오질 않았다. 겨우 내리막이 나와 입구에 도착할 것을 상상하며 신나게 걸어 내려가면 또다시 높다란 고개가 우리 앞을 막아섰다. 양치기 소년 거짓말하듯 이러기를 여러 번, 트럭운전사와 만나기로 한 오후 4시는 진작 지났다. 그를 너무 오래 기다리게 해서 어쩌나 하는 걱정은 해가 완신히 넘어가자 사라졌다. 이제는 우리 자신을 걱정하기 시작한 것이다. 해가 지기 전까지만 해도 사실 큰 걱정은 하지 않았다. 난 그때 깨달았다. 태양빛이란 게 얼마나 인간에게 희망적인 존재인지. 여명마저도 완전히 사그라지자 이제 알 수 없는 공포감이 스멀스멀 피어올랐다.

내가 가지고 있던 단 하나의 조그만 손전등 빛에 무려 세 명이 의지해 한 발 한 발 조심스런 행군을 하면서 내 머릿속은 그 어느 때보다 복잡하게 돌아가고 있었다. 지금 우리는 물도 거의 없고 식량은 아예 없다. 이럴 줄 알았으면 아까 시냇물을 만났을 때 물을 좀더 떴어야 했고, 아침에 먹어치운 두 개의 삶은 계란 중 하나는 비상용으로 남겨뒀어야 했다. 우리 중에는 담배 피는 사람도 없으니 불을 일으킬 도구도 없다. 만일의 상황에 들어가서 바람이라도 피할 동굴 같은 것도 발견하지 못한 상태였다. 아까 낮에 보았던 헛간 비슷한 집은 지금 되돌아가기엔 너무 멀다.

30대 중반의 부부를 보자. 원호 형은 아까부터 뒤로 처지더니 자꾸만 쉬자고 한다. 탈진증세가 보인다. 희경이 누나는 여자다. 아무래도 체력이 달릴 수밖에. 지금 내가 들고 있는 이 조악한 중국제 손전등도 문제였다. 만약 고장이라도 나면 우린 칠흑 같은 어둠 속에 갇히고 만다. 손전등 하나로 세 명의 앞길을 동시에 비출 수 없기에 한 명이라도 발을 헛디뎌 부상을 입게 되면 그야말로 재앙이었다. 자기 자신 이외에 누구도 도울 수 없는 처지에 우리는 놓여 있다. 신기한 건 설사와 구토를 잊어버렸다는 사실. 정신이 몸을 지배하고 있었다.

밤 10시, 우리는 아직도 걷고 있었다. 걷고 있는 길도 맞는 길인지 몰랐다. 그나마 티베트 순례자들이 쌓아놓은 돌무더기를 발견하면 다행이었지만, 아무것도 없는 갈림길에서 길을 잘못 선택해 계곡으로 빠질 뻔도 했다. 급기야 희경이 누나가 울음을 터뜨렸다.

"우리 이러다 죽는 거 아냐, 흑흑."

누나의 울음소리는 고요한 어둠을 휘저었다. 누나의 울음을 듣는 순간, 그때까지도 단단했던 생존에 대한 희망이 조금씩 금이 가고 있는 걸 느꼈다. 나도 이제 '이러다 정말 죽을 수도 있겠구나' 하는 생각을 하기 시작한 것이다. 생전 처음 해보는 그런 생각 앞에 공포심이 마구 엄습해왔다. 그 공포심은 그치지 않는 누나의 울음을 들으며 순식간에 세포분열을 일으켜 마침내 나까지 울고 싶은 지경이 되어버렸다. 하지만 울게 되면 정신을 놓아버리게 된다. 그러면 정말 죽을지도 모른다.

새벽 1시가 넘었다. 우리는 여전히 걷고 있었다. 해발 4000미터의 겨울산은 너무나도 추웠다. 무심한 하늘은 어찌나 아름다운 별밤을 보여주던지. 누나는 이제 눈물이 말랐고 형은 여전히 간당간당했다. 나역시 산산조각나버릴 것만 같은 정신을 간신히 부여잡으며 열심히 걷고 있었다. 그때였다. 손전등 불빛에 비춰진 검은 물체. 뿔이 달린 악마의 형상을 하고 있다. 누나는 악 소리를 내며 쓰러졌고 나는 그 소리에 더 놀라 가슴이 철렁했다. 다행히 그건 우리를 데리러 온 저승사자가 아니라 저 역시 불빛에 놀란 검정 야크였다. 근처에 민가가 있는 게분명했다. 손전등을 이리저리 휘둘러 집을 찾았다. 얼마 떨어지지 않은 곳에서 네모난 검은 집을 발견했다.

나무로 된 문을 쾅쾅 두드리며 우리는 정말 공포영화 속 한 장면처럼 이렇게 한국말로 외쳤다.

"살려주세요! 아무도 없어요?"

그러자 안에서 달그락달그락 문의 걸쇠를 푸는 소리가 들렸다. 희경이 누나는 이미 두 손을 모아 "감사합니다"를 연발하고 있었고, 나 역시 하늘에서 내려준 동아줄을 부여잡은 오누이의 마음처럼 감격이 벅차올랐다. 마침내 문이 빠끔히 열리고 졸린 눈을 비비며 얼굴을 내민 청년. 그가 내뱉은 첫마디에 우리는 이날의 구원이 신의 작품임을 새삼 확인했다.

"한국분이세요?"

그렇다. 그는 한국 사람이었다. 그 역시 여행자였다.

난데없이 세 명분의 숙박료를 벌게 된 여주인은 신이 나서 컵라면과 맥주를 내왔다. 나는 그 자리에서 컵라면 두 개와 맥주 한 병을 뚝딱 해치웠다. 그리고 그날 밤 야외 화장실을 들락거리느라 한숨도 못 잤다. 몸은 금방이라도 부서질 듯 다시 아파왔다. 하지만 살았다는 기쁨과 비교하면 그 정도 고통은 아무것도 아니었다.

지금도 우리 셋이 모이면 반은 이날에 관한 이야기로 채워진다. 저번에 했는데도 또 이야기하고, 또 이야기한다. 전혀 지겹지 않다. 매번 하면 할수록 지금 누리고 있는 삶이 더욱 소중해지기 때문에.

때는 2006년 1월 1일, 나는 그렇게 인생에서 가장 아찔한 새해를 맞았다.

희망을 불어주는
조프

조프와는 베트남에서 캄보디아로 넘어가는 배에서 만났다.
프랑스 마르세유의 공장에서 일하는 조프는
휴가를 내어 두 달간 동남아시아 여행을 왔단다.
나는 대학교 2학년 때 한 달간 유럽여행을 한 적이 있다.
당시 프랑스에는 고작 일주일 머물렀지만, 내가 에펠탑을 보았다는
사실만으로도 조프와 나는 금세 친해질 수 있었다.
이런저런 이야기를 나누는 사이
배는 황금빛 메콩강을 신나게 달려 캄보디아 국경에 도착했다.
입국 수속이 이루어지는 동안 우리는 근처 식당에 들렀다.
어디서나 그러하듯 동네 아이들이 하나둘씩 모여들었다.
그러자 조프는 가방을 뒤져 뭔가를 꺼냈다.

비치볼이었다.

조프는 여행 중 만나는 현지 아이들을 위해
무려 백여 장의 비치볼을 가지고 다녔다.
무게와 부피만 해도 상당했지만 공을 하나씩 불어줄 때마다
줄어들 것이기에 별문제는 없는 듯했다.

게다가 줄어든 무게와 부피는 질량보존의 법칙에 따라
아이들의 행복으로 고스란히 변할 터.
다만 여기에는 한 가지 원칙이 있었다.
반드시 직접 불어서 주는 것이다.
납작한 비치볼을 그냥 나눠주는 것보다는
자신이 직접 불어주는 게 선물의 의미가 더 크기 때문이라고 했다.
순간 나 자신이 부끄러워졌다.
아이들 사진을 그렇게 많이 찍으면서도 액정화면 한 번 보여주는 것
말고는 딱히 해준 선물이 없었기 때문이다.
사실 나도 여행을 처음 시작할 때는 선물이 될 만한 게 있었다.
그건 바로 폴라로이드 카메라. 이것만큼 좋은 선물이 없었다.
하지만 무겁고 필름값이 만만치 않다는 핑계로
한 달 전에 중국에서 집으로 보내버린 터였다.
후회가 됐고, 결심을 했다.
캄보디아를 넘어 태국으로 들어가 내가 제일 먼저 한 일은
국제우편으로 폴라로이드 카메라를 되찾은 것이었다.
프놈펜 길거리에서 우연히 다시 만나,
반갑다며 내 등짝을 세게 후려치던 조프.
이후 나를 만나 사진을 한 장씩 얻은 사람들은 내가 아니라 조프에게
감사해야 한다.

비치볼 천사 조프에게 잔뜩 붙어 있는 아이들. 한 아이가 사진을 찍고 있는 나를 향해 주먹을 날린다.
혹시 세상에 공짜는 없다는 경고가 아니었을까.

알하자라, 예맨

피터팬
콤플렉스

📷

여행 초기, 사람을 만나는 게 아직은 어렵고 두려웠던 시절. 사진기를 들고 다니는 내게 아이들은 가장 만만한 피사체였다. 어른들을 찍는 건 좀처럼 쉬운 일이 아니었다. 그들은 대부분 낯선 여행자를 경계했고, 겨우 허락을 얻어 사진을 찍을라치면 마치 증명사진을 찍는 것처럼 표정과 몸짓이 굳어버리기 일쑤였다.

하지만 아이들은 달랐다. 사진에 찍히는 걸 사탕 먹는 것만큼이나 좋아해서 먼저 찍어달라고 졸라대는가 하면, 사진기 앞에서도 예의 그 순수한 표정과 자연스런 포즈를 잊지 않았다.

나는 한때 아이들 사진만 줄곧 찍어댔다. 가끔 내가 혹시 '롤리타 콤플렉스'라도 걸린 게 아닐까 의심이 들 정도였다. 이렇듯 아이들은 여행이 끝나는 그날까지 내 사진의 주요 고객이었다.

아무래도 내가 사진에 담고 싶었던 건 이미 세상을 알아버린 어른들의 질펀한 현실이 아니라, 아직 순수한 아이들의 꿈과 희망이었던 것 같다.

그러고 보면 난 '롤리타 콤플렉스'가 아니라 '피터팬 콤플렉스'에 걸린 것이었다.

인레 호수, 미얀마

생각하는
소녀

시엠리업, 캄보디아

시월의 캄보디아.

하루에도 몇 번씩 비가 쏟아졌다.

하지만 친절한 캄보디아 사람들 덕분에

아무 집이나 골라 비를 피하면 됐다.

이날도 소나기를 피해 어느 집에 불쑥 들어갔다.

그곳에서 고치처럼 해먹에 감긴 소녀를 만났다.

무얼 그리 골똘히 생각하고 있는 걸까.

소녀의 안중에 나는 없었다.

50달러가
뭐길래

이 사진을 보면 아직도 손이 부들부들 떨린다. 캄보디아 시엠리업에서
유명하다는 절을 찾아가는 길이었다. 길을 잘못 들어 이리저리 좁은 골
목을 헤매다 아이들을 만났다. 아이들은 부슬부슬 내리는 비를 맞으며
무언가를 열심히 줍고 있었다. 가까이 다가가서 보니 빨간 콩이었다.

그렇게 한참 고개를 처박고 앉아서 아이들은 땅에 떨어진 콩까지의 모든 콩을 다 발라냈다. 그러고는 다른 곳으로 이동했다. 따라갔다. 콩이 주렁주렁 매달린 나무 앞에 도착했다. 그리고 세 명이서 나무둥치를 발로 차기 시작했다. 비가 내렸으니 당연히 물이 후두두 떨어졌다. 그래, 이런 놀이도 재미있지. 눈 내린 나무를 발로 차는 게 더 재미있단다. 나도 따라 발로 찼다. 내가 힘이 세니 물이 더 많이 떨어졌다. 그러자 가장 언니로 보이는 아이가 나무를 오르기 시작했다. 많이 올라본 솜씨였다. 알고 보니 나무를 발로 찬 이유는 장난치며 노는 게 아니라 물기를 없애 미끄러지지 않고 올라가기 위한 거였다.

아이가 떨어질까 가슴이 조마조마했다. 혹시라도 떨어지면 받을 수 있게 내 두 팔은 '앞으로나란히'를 하고 있었다. 아이는 나뭇가지를 타고 내 팔뚝만 한 콩 주머니 몇 개를 따서 아래로 떨어뜨렸다. 나머지 두 아이는 그걸 주워 돌에 내려치기 시작했다. 나도 하나를 집어 내려쳤다. 초록색 콩이 예쁘게 머리를 내밀었다.

아이들은 바닥에 앉아 콩을 먹기 시작했다. 시계를 보니 오후 1시, 점심시간이었다. 아이들은 빗물에 혀를 적셔가며 콩을 꾸역꾸역 삼켰다. 한창 커야 할 나이에 콩이 웬 말이냐. 이 오빠가 도와주마. 그런데 주머니에는 평소에 그 많던 10달러짜리는 다 어디 가고 50달러 지폐만 달랑 한 장 있었다. 50달러면 너무 많은데…. 이 돈은 여기 평균 월급보다도 많지 않은가.

아이들에게 잠시 기다리라 손짓하고 큰길로 뛰어나왔다. 이리저리 잔돈을 구하러 돌아다녔지만 동네 구멍가게만 즐비한 이곳에서 50달러는 꽤 큰돈이었다. 한참을 돌아다닌 끝에 커다란 마사지업소에 들어가 10달러짜리 다섯 장으로 겨우 바꿨다. 시계를 보니 아이들을 떠난 지 30분. 제발 그 자리에 있어야 할 텐데. 얼른 뛰어갔다. 이런, 아이들은 없었다. 아이들이 있던 자리에는 빈 콩깍지만 나뒹굴고 있었다. 주변을 샅샅이 뒤졌다. 그러나 아이들을 다시 찾을 순 없었다. 나는 제자리로 돌아왔다. 한 손에는 비에 잔뜩 절은 돈을 꼭 쥐고서.

그까짓 50달러가 뭐길래. 사실 나에게는 아무것도 아니지 않은가. 이 돈이면 아이들이 당분간 콩을 주워먹지 않아도 되고, 아니면 집에서 아파 누워 계신 엄마 병원비를 보탤 수도 있을 테고, 그래도 아니면 돈이 없어 학교를 그만둔 막내가 다시 책가방을 멜 수도 있지 않았을까? 이런저런 생각을 하면 할수록 나 자신이 한심해졌다. 그냥 줘야 했는데.

문득 '그래도 50달러 굳었네' 하고 생각한 건 내 머릿속의 악마가 한 짓이겠지?

천사들이 사는 나라
라오스

여행자들은 대개 현지인에 대한 나름의 이미지를 각각 품고 있다. 이는 전적으로 여행의 경험을 바탕으로 한다. 예를 들면 어떤 여행자는 인도 사람을 천하의 사기꾼으로 생각하는 한편, 다른 여행자는 유쾌하기 짝이 없는 친구로 생각한다. 또한 누군가는 중국인을 무뚝뚝한 장사꾼으로 보고, 나의 경우에는 그들을 쿨한 성격의 대범한 사람들로 생각한다. 중국에 대한 내 경험이 그러하기 때문이다. 하지만 라오스 사람들에 대한 여행자들의 의견은 신기하게도 거의 일치한다. 라오스 사람들은 천사라고.

그들은 거짓말을 잘 못한다. 어느 나라든지 '현지물가'와 '여행자물가'가 공존하기 마련이다. 이 두 물가의 차이는 나라마다 다른데 인도나 베트남은 그 차이가 큰 걸로 악명이 높다. 순진한 라오스 사람들은 여행자들에게 바가지조차 제대로 씌우지 못한다. 괜히 어설프게 씌웠다가 바가지가 깨져 금세 들통나기 일쑤다. 일이십 원이 아까운 배낭여행자에게 라오스 사람들이 천사로 다가오는 첫째 이유다.

루앙프라방 길거리에서 쌀국수를 팔던 부부가 있었다. 한 그릇 가격을 묻는 내 질문에 부부는 서로의 눈치를 살피며 금액을 살짝 올려 대답했고, 내가 눈에 힘을 주고 고개를 내젓자 슬그머니 현지인 가격으로 되돌아갔다. 그들은 '그냥 장난으로 해본 소리야'라는 쑥스러운 웃음을 지었고 나도 따라 웃었다. 절대 가격을 속인 게 아니라며 목에 핏대를 잔뜩 세워 소리치던 베트남 하노이 골목의 쌀국수 아주머니가 생각났다.

라오스 사람들에게 천사의 날개를 달아주는 건 무엇보다 그네들의 밝다 못해 눈이 부신 인사성이다. 라오스는 불교국가답게 두 손을 곱게 합장하고 머리를 살짝 숙이며 '사바이디'라고 인사한다. 어른 아이 할 것 없이 길거리에서 누군가를 만나면 꼬박 정중히 인사를 한다. 여기에는 외국인 여행자도 예외가 없다. 한번은 어느 초등학교 앞을 지나고 있었는데 때마침 수업이 끝나고 집으로 가는 학생들이 개미떼처럼 쏟아져나오고 있었다. 아이들은 처음 보는 나에게 일일이 인사를 하기 시작했는데 내가 마치 그 학교에 새로 부임한 교장선생님이라도 된 느낌이었다.

천사들은 맥주도 잘 만든다. 덴마크 칼스버그 회장이 '세계 최고의 라거맥주'라고 치켜세운 라오 맥주(Beer lao)는 이미 라오스의 대표 상품. 특히 목구멍을 훔치듯 술술 넘어가는 부드러운 맛은 직접 마셔보지 않고는 상상조차 할 수 없다. 단지 맥주를 마시기 위해 라오스를 찾는 여행자가 있을 정도다.

이 모든 장점에도 불구하고 라오스에는 여행자들이 별로 없다. 특별히 뛰어난 문화유산이나 아름다운 경치가 없을뿐더러 여행자를 위한 각종 시설도 미약하기 때문이다. 하지만 라오스를 한 번이라도 방문해본 사람은 안다. 그곳에는 다른 데에는 없는 무언가가 있다고. 라오스에 한번 가보라. 그곳에 가면 천사들을 만날 수 있다.

라오스 아이들은 카메라를 들이대면 죄다 엄지와 검지로 브이를 만들어 턱에 대었다.
라오스에 오면 라오스법을 따라야 하는 법. 왕위앙, 라오스

행복한 도약

소년은 혼자 고무줄을 넘고 있었다.
지나가던 내가 흥미롭다는 표정으로 구경을 하고 있자니
우쭐해진 소년은 고무줄 높이를 자신의 키보다도 훨씬 높여버렸다.
나는 엄지손가락을 치켜세워 소년의 용기를 한껏 북돋워주었다.
과연 넘을 수 있을까.
소년은 몇 미터 거리에서 힘차게 달려와 이연걸이나 할 수 있을 법한
동작으로 멋지게 도약하여 단숨에 제 키보다 높은 고무줄을 넘었다.
고무줄을 넘는 순간 어떻게 저런 평화롭고도 행복한 표정을
지을 수 있는지는 아무리 봐도 미스터리다.

루앙남타, 라오스

우리 영혼을
소중히 다뤄주세요

티베트에서 인물사진 찍기란 참으로 어렵다. 티베트 사람들은 사진을 찍히면 영혼까지 함께 찍힌다고 생각한다. 따라서 나 같은 이방인에게 자신의 영혼을 함부로 내어줄 수 없는 것이다. 그래서 사진 찍기 좋아하는 사람이 티베트를 여행하면 한껏 소심해지게 된다. 거절에, 거절, 그것도 가끔은 폭력적인 거절을 당하고 나면 찍고 싶은 인물이 있어도 지레 겁먹고 물어볼 생각도 하지 않게 되기 마련이다.

한번은 동네 아주머니의 허락을 어렵사리 받아 사진을 찍고 있는데, 그 옆에 있던 다른 아저씨 한 분이 사진을 찍지 말라며 품속의 칼을 빼들고 쫓아온 적도 있다.

티베트 제2의 도시 시가체로 가던 길. 쉬어가는 찻집에서 사랑스런 모습의 엄마와 아들을 만났다.

[+]

아주머니는 떠나는 나의 오른쪽 어깨 위에 흰 참파(보리를 볶아서 빻은 티베트 주식) 가루를 묻혀주었다.
이는 행운을 빌어주는 티베트인들의 풍습. 나는 마침 옆에 있던 여성 여행자에게 그 행운을 좀 나누어주었다가
괜스레 아주머니께 핀잔만 들었다. "남자는 오른쪽, 여자는 왼쪽!" 시가체, 티베트

하지만 다짜고짜 사진기를 들이댔다가는 된서리를 맞을 게 뻔했다. 그렇다고 포기하자니 미켈란젤로의 〈피에타〉가 울고 갈 장면이었다. 그래서 수를 쓰기로 했다. 수많은 설득법 중에 가장 효과적인 것은 상대방을 빚지게 만드는 것이다. 나는 폴라로이드 카메라를 가지고 다가가 먼저 사진 한 장을 찍어주었다. 얼떨결에 예쁜 사진이 생긴 아주머니는 아이처럼 좋아했고, 사진 한 번 더 찍자는 내 제의를 차마 거절하지 못했다.

그 대신 조건이 붙었다. 말이 통하지 않는 아주머니는 손과 발을 움직이며 설명했다. 사진을 버려도, 밟아도, 찢어서도 안 된다는 것이다. 나는 두 손을 공손히 모아 사진을 소중히 다루겠다는 약속을 굳게 하고서, 그제야 사진을 찍을 수 있었다.

이 정도면 그 약속을 지킨 게 아닐까. 티베트 공기처럼 맑은 엄마와 아들의 영혼은 책 속에서 영원히 살아 숨 쉴 것이다.

부치지 못한
사진

카트만두, 네팔

반디아미르, 아프가니스탄

도대체 몇 번인지 모르겠다. 사진을 보내달라며 주소를 받은 적이.
하지만 누구에게도 사진을 보내주지 못했다.

지키지도 못할 게 뻔한 약속,
안 하면 그만일 텐데 당사자가 되어보면 안다. 그것이 얼마나 힘든가를.
초롱초롱한 눈빛으로 볼펜에 잔뜩 침을 묻혀가며
구겨진 종이 위에 영어도 아닌, 나에게는 그저 그림에 불과한
자기들의 문자로 열심히 주소를 적는 사람들 앞에서 감히
그 희망을 꺾을 수는 없는 일이다.

대신 내겐 폴라로이드 카메라가 있었다.
필름이 귀한지라 자주 꺼낼 수는 없었지만 중요한 때에
요긴하게 사용했다.

그 중요한 때란
공식에 의해 정해져 있는 게 아니라 항상 운명처럼 찾아왔다.
영원히 멈춰놓고 싶은 순간들이 있었다.
내가 아니었으면 평생 그런 순간을 정지시킬 수 없는 사람들이 있었다.

두 개의
손가락

📷

이 사진을 찍을 때도 몰랐다. 디지털 카메라를 거두고 가방에서 폴라로이드 카메라를 꺼내 찍을 때도 몰랐다. 지지직 소리와 함께 뽑힌 사진을 흔들며 아이에게 건네줄 때, 그제야 알았다. 아이는 양손을 합해 손가락이라 부를 만한 것이 두 개밖에 없었다. 또한 고개를 살짝 떨구니 오른쪽 다리도 뒤틀려 있는 게 아닌가.

순간 당황했다. 하지만 흔들면 흔들수록 점점 선명해져가는 사진 덕분에 분위기는 한창 절정을 향해 달리고 있었다. 나는 애써 아무렇지 않은 듯, 마치 네가 원래 그런 줄 알았다는 듯, 그런 게 뭐 대수냐는 듯 태연한 표정을 지으며 아이의 두 손가락과 악수를 하고, 볼을 살짝 꼬집어주고, 아이에게서 사진을 뺏어 대신 더 흔들어주고, 주위 아저씨 아주머니들에게 일일이 사진을 보여주고, 다시 아이의 두 손가락 사이에 사진을 끼워주고, 손을 흔들어 인사하는 아이를 뒤로하고 자리를 떴다. 그러고서 안도의 한숨을 내쉬었다.

문득 이런 생각이 들었다. 장애인들을 우리와 '다르다'고 가정하지 않는 것, 이것이 우리 모두를 행복하게 해주는 길이 아닐까. 조금 전 상황이 그걸 증명하지 않았는가.

인레 호수, 미얀마

리장 나시족
춤판

중국 윈난 성 리장은 800년 된 고성이 그대로 남아 있기에 유명하다. 미야자키 하야오의 애니메이션 〈센과 치히로의 행방불명〉의 무대이기도 한 이곳은, 골목골목이 미로처럼 얽히고설켜 있어 꾸부정한 나시족 할머니 뒤꽁무니를 잘못 따라갔다간 정말 행방불명되기 일쑤다. 마치 거북이처럼 등에 두꺼운 양가죽을 짊어지고 다니는 나시족 할머니들은 수줍음을 참 많이 탄다. 그래서 사진 한 장 찍으려면 용돈을 두둑이 드리기 전에는 어림도 없다. 하지만 기회는 있다.

고성 한복판에 있는 널찍한 광장 쓰팡제, 모든 길은 이곳에서 나가 다시 이곳으로 들어온다. 햇볕이 잘 드는 쓰팡제에서는 하루에 두세 번씩 춤판이 벌어진다. 고성 구석구석에서 할머니, 할아버지들이 모여들면 같은 리듬이 무한 반복되는 노래에 맞춰 춤을 추기 시작한다. 손에 손을 잡고 큰 원을 그린 다음 네 박자 리듬에 따라 돌면서 추는 단순한 춤인데, 노래에 따라 발동작이 조금씩 달랐다.

이때만큼은 사진을 맘껏 찍을 수 있었다. 할머니들의 수줍어하던 마음은 여러 명이 모이니 쏙 들어간 지 오래였다. 사실 이건 수많은 관광객을 위해 중국 정부가 지원하는 춤판이기도 했다. 나는 춤추는 원 안에 들어가 아예 바닥에 누워버렸다.

1996년, 진도 7의 강력한 지진이 리장을 강타했다. 콘크리트로 된 현대식 건물은 모두 무너져내렸으나, 어찌된 일인지 나시족 전통 가옥들은 멀쩡했다. 유네스코는 대자연의 심술을 견딜 정도로 끈질긴 생명력을 가진 이 도시를 세계문화유산으로 지정했다.

여행자를 치유하는 집
노마객잔

먼 옛날 포수를 피해 도망치던 호랑이가 협곡을 뛰어넘었다는 전설이 있는 곳 후타오샤(虎跳峽). 트레킹 첫날부터 하루 종일 걷고 나면, 여행자들은 지친 몸을 이끌고 가이드북이 추천해주는 나시객잔이나 차마객잔으로 자연스럽게 흘러들기 마련이다. 하지만 나는 다른 여행자들과 헤어진 후 수고롭게도 30분여를 샛길을 따라 걸어 이곳 노마객잔에 도착했다. 숙소를 광고하는 문구들로 어지러운 바위에서 '닭백숙'이라는 한글을 발견한 것이다. 먼저 다녀간 어느 친절한 한국인 여행자가 우씨 아주머니에게 닭백숙 끓이는 법을 전수했다고 한다. 철이 맞으면 몸에 좋다는 동충하초도 듬뿍 넣어주니, 여행자의 지친 심신을 달래는 데 '노마객잔표 닭백숙'보다 더 좋은 게 있을까?

주인장 우씨 부부는 함박웃음을 지으며 나를 반겨주었다. 그렇게 나는 노마객잔에서 일주일이란 시간을 보냈다. 덕분에 후타오샤를 찾는 대부분의 여행자들처럼 1박 2일 만에 트레킹 코스를 주파하는 건 불가능했다. 대신 알 수 없는 무언가가 나를 이 집에 붙들어매었다. 병풍처럼 둘러쳐진 위룽쉐산을 바라보며 하루 종일 별로 한 것도 없지만, 시간은 후타오샤를 굽이쳐 도는 진사강처럼 잘도 흘러갔다.

사춘기 소녀처럼 해맑은 웃음을 가진 우씨 아주머니는 여섯 살 연상의 우 샤오 용 아저씨와 함께 두 딸을 키우며 살고 있다. 부부가 소박하게 운영하는 여행자 숙소 이름은 '노마객잔(老馬客棧)'. 여행자용으로 따로 지은 것이 아닌 건넌방을 내어주는 수준이기 때문에 한꺼번에 여러 사람이 묵어갈 수 없는 곳이다. 하지만 걱정은 금물, 어차피 이 집에 손님은 가물에 콩 나듯 들어온다. 나 역시 일주일간 혼자 지냈다.

우씨 아주머니는 내가 지금껏 만나본 사람 중에 가장 바쁜 사람이었다. 이른 새벽부터 시작되는 아주머니의 일과는 돼지에게 먹일 죽을 끓이며 시작한다. 토실토실 살이 오른 돼지에게 죽을 주고 마구간 문을 열어 소와 말을 들판에 풀어준다. 닭장을 열어 닭과 병아리 가족을 산책시킨 뒤 내 방을 부랴부랴 청소하고, 부엌에서 고물 텔레비전을 틀어놓은 채 맛있는 아침밥을 차린다. 마침 옆집에서 놀러온 아주머니와 해바라기씨를 구워 먹으며 잠시 쉬는가 싶더니 다시 거대한 지게를 메고 산속으로 사라져 얼마 뒤에는 엄청난 양의 나무를 지고 돌아온다. 나무를 마당에 차곡차곡 다 쌓고 나면 빨래에 돌입할 시간. 얼음장같이 차가운 계곡물에 맨손으로 빨랫감을 후딱 비벼 빨고 또 후딱 널고 나면 어느새 내 앞에 찐 감자나 삶은 계란 같은 간식이 놓여 있다. 해가 지기 전에 소와 말을 다시 마구간에 들여넣고, 닭과 병아리 가족이 제대로 복귀했는지 머릿수를 세고 난 다음 저녁상을 준비한다. 후타오샤는 고도가 2000미터나 되기 때문에 밤이 되면 쌀쌀해진다. 아주머니는 내가 추위에 떨지 않도록 빨갛게 달군 숯덩이를 내 침대 머리맡에 놓아둔다.

여기는 노마객잔이 아니다. 노마객잔은 훨씬 작고 초라한 집이다.
우씨 아주머니는 돼지 두 마리를 손질하는 데 도움을 달라는 이웃의 요청에 한달음으로 달려와
팔을 걷어붙이고 특유의 일솜씨를 발휘했다. 덕분에 아주머니를 따라온 나 역시 싱싱한 돼지고기를
배 터지게 먹을 수 있었다.

이 모든 일들이 다람쥐 쳇바퀴 돌듯 반복되지만 우 씨 아주머니는 늘 웃는 표정이다. 그런 아주머니가 화를 크게 낸 일은 딱 한 번, 마당에 매여 있는 누렁이가 뭣 모르고 닭 한 마리의 목을 물어 죽였을 때였다. 아주머니는 말릴 새도 없이 눈앞에 보이는 야구글러브만 한 돌을 들어 누렁이의 머리를 내리쳤고, 내가 죽은 닭을 들어 백숙을 만들어달라고 하자 겨우 진정이 되었다. 다행히 누렁이는 머리에 약간 상처가 났을 뿐, 아주머니 몰래 약을 발라주자 금세 꼬리를 흔들며 좋아했다.

주말이 되면 아주머니를 따라 치아토우에서 열리는 재래시장에 갔다. 그곳에 가면 우씨 아주머니와 똑같이 생긴 친정어머니와 친언니를 만날 수 있었다. 혹시 양말이나 깔창이 필요하면 꼭 그들이 운영하는 가판대에서 사는 게 좋다. '가족할인'이 엄청나기 때문인데, 나 역시 등산화 깔창을 거저 얻었다. 그리고 한창 사춘기인 우씨 아주머니의 두 딸들과 더욱 친해지기 위해 시장 근처에 있는 문방구에서 학용품 세트를 샀다. 아주머니의 조언에 따라 딸들이 싸우지 않도록 똑같은 걸로 각각 두 개씩 골랐다.

어느 날은 우씨 아주머니의 일을 조금이라도 도와주고 싶다는 욕구가 샘솟았다. 아주머니는 극구 사양했지만 못 이기는 척, 2층에 널어놓은 말린 옥수수 까는 임무를 주었다. 아주머니가 나무를 하러 나간 사이 나는 온 힘을 다해서 옥수수를 깠다. 마치 엄마에게 잘 보이고 싶은 어린아이의 마음으로. 산에서 돌아온 아주머니는 놀란 표정으로 칭찬을 아끼지 않았고, 당장 부엌으로 달려가 천연 벌꿀과 호두 그리고 망치를 가져왔다. 피로 회복에는 꿀 바른 호두가 제일이라며 알통을 보여주던 아주머니. 호두는 기분 좋은 소리를 내면서 부서졌다.

노마객잔에 머무는 내내 한 가지 미스터리한 점이 있었다면 우씨 아저씨였다. 그의 아내가 하루 종일 발발거리는 동안 아저씨는 밥 먹는 시간 빼고는 코빼기도 보이지 않았다. 그나마 우씨 아저씨가 하는 일다운 일은 말에 여행자를 태우고 '28굽이돌이'를 오르는 거였다. 나는 아저씨가 아주머니에게 핀잔을 덜 들으며 담뱃값을 달라고 할 수 있게 가장 비싼 코스를 예약했으나 이마저도 당일 아침 취소되었다. 말이 그날따라 아프다는 것이다. 머리를 긁적이며 미안해하던 우씨 아저씨의 쓸쓸한 얼굴이 지금도 생생하다. 나 같으면 옆집에서 말을 빌려서라도 돈을 벌었을 텐데, 도대체 이 집 부부는 욕심이 없다.

드디어 노마객잔을 떠나는 날 아침, 우씨 아주머니가 해주는 따끈한 밥을 먹고 짐을 챙겨나오면서 나는 정말 펑펑 울었다. 뒤돌아보니 우씨 아주머니도 눈물을 글썽이며 손을 흔들고 있었다. 마치 아들을 군대에 보내는 엄마처럼. 이후 여행을 끝마칠 때까지 수많은 숙소에 머물고 수많은 숙소 주인을 만났지만 헤어질 때 눈물을 보인 건 그때뿐이었다.

얼마 전, 내가 하는 우씨 아주머니 이야기를 귀에 못이 박히도록 듣다 못해 직접 그곳을 다녀온 친구 형욱이가 노마객잔 소식을 전해왔다. 우씨네 두 딸들은 각각 대학교와 고등학교에 진학할 나이가 되었고, 우씨 아주머니는 돈을 벌기 위해 상하이로 홀로 떠날 뻔했으나 우씨 아저씨와 계속 살기로 했다고. 그리고 노마객잔은 여전히 여행자들의 발길이 뜸하다고. 무엇보다 기쁜 소식은 형욱이가 내 사진을 아주머니에게 보여주자 정말 반갑게 알은척했다는 이야기.

우씨 아주머니, 많이 보고 싶습니다.

오른쪽부터 우씨 아주머니, 동네 아주머니, 그리고 나.
해바라기씨를 구울 때 쭉정이를 골라내는 아주머니의 기술은 가히 지혜로웠다.
다 구운 해바라기씨를 체로 치듯 위로 던져 입으로 세차게 불면 마치 기계로 골라내는 것처럼 알맹이 없는 쭉정이들만 바람에 날려 흩어졌다.

치아토우 주말 시장에서 우씨 아주머니는 커다란 무쇠솥 앞에서 한참을 망설였다.
이유를 물어보니 솥이 깨져 바꿀 때가 되었는데 저 무거운 솥을 들고 돌아갈 방법이 없다는 것.
나는 한껏 호기를 부리며 솥을 사게 했고, 저 무거운 솥을 지고 오는 길에 얼마나 많은 후회를 했는지 모른다.
집에 도착하자마자 천연 벌꿀과 호두 그리고 망치가 대령했음은 물론이다.

상위펑 마을의
첫 크리스마스

중국 윈난 성 북부 메이리 설산 자락에 위치한
오지 중의 오지 상위펑 마을.
순전히 주워들은 소문만 믿고 힘들게 찾아간 곳이었다.
어느 한국 여행자의 블로그에서 본 상위펑 여행기에 그만
'필'이 꽂혀버린 것이다.
중국 정부가 '샹그릴라'라 선포한 중뎬에 실망한 사람이라면
이곳에서 진정한 샹그릴라를 만날 수 있다나.
엄밀히 말하면 이곳은 중국이 아니라 티베트다.
중국은 티베트를 침략하여 마구잡이로 가른 뒤 동티베트 일부를
쓰촨 성과 윈난 성에 편입시켜버렸다.
그래서 마을 한가운데에는 오색 타르초가 휘날리는 커다란 탑이 있고,
집집마다 담장 너머로 옴마니밧메훔 기도 소리가 흘러나온다.
이 마을에 학교라고는 초등학교 하나뿐이었다.
20명 남짓한 학생에, 물론 선생님은 한 명. 내가 이곳을 방문했을 때
아이들은 한 명씩 앞으로 나와 선생님으로부터
공책, 연필, 지우개 따위를 받고 있었다.
아이들은 선물을 받고 나면 교실이 떠나갈 듯
'셰셰(고맙습니다)'를 외치고 자리로 돌아갔다.
도대체 오늘이 무슨 날이기에 선생님은 선물보따리를 잔뜩
풀어놓은 것일까. 사연은 이랬다.
슈웨이 누나는 상하이 라디오방송국 PD다.
지금은 중국 내 오지를 찾아다니며 아이들의 노랫소리를 채집하고
있다. 우리로 치면 '우리의 소리를 찾아서'쯤 되는 프로그램.

이번에는 상위평 마을을 취재하러 왔는데 때마침 크리스마스와 겹쳐
아이들 선물을 잔뜩 들고 온 것이다.
그러고 보니 오늘이 12월 24일, 크리스마스 이브.
아이들은 크리스마스의 '크'자도 몰랐지만 이렇게 선물을 받고
예쁜 풍선으로 교실을 장식하는 건 아무래도 좋았다.
사실 크리스마스는 종교의 문제가 아니라 행복의 문제다.
교회를 다니지 않는 나도 어릴 적에 크리스마스는
가장 기다려지는 날이었으니까.
덩실덩실 춤까지 춰가며 아이들이 불렀던 노랫소리가 희미하게
귓가에 울린다. 이럴 땐 소리를 담을 수 없는 사진이 조금 아쉽다.

원스 어폰 어 타임
인 샹그릴라

생명을 죽여서는 아니 되는, 그래서 팔에 모기가 앉아도 후후 부는 수밖에 달리 방법이 없는 스님들에게 총이 웬 말이냐, 하시겠지만 걱정 마시라. 장난감 총이니.

축제를 맞아 절 주변에는 각종 물건과 군것질 거리를 파는 잡상인들로 장사진을 쳤다. 이 중 어린이들에게 가장 인기 있는 품목은 단연 장난감 총. 동네 아이들뿐만 아니라 동자승들도 너 나 할 것 없이 총을 소지하고 있었고, 절 구석구석을 돌아다니며 총질을 해댔다. 한창 놀 나이에 출가한 동자승들에겐 오늘이야말로 동심으로 회귀할 수 있는 일 년 중 몇 안 되는 날이다.

동네 아이들과 동자승들은 서로 적이 되어 치열한 공방전을 벌였고, 축제를 맞아 구경꾼들이 많이 모인 바람에 무고한 민간인의 피해가 속출했다. 나는 축제를 제쳐두고 마치 종군기자가 된 기분으로 사진기를 들고 아이들을 열심히 쫓아다녔다.

특히 동자승 한 무리는 절 2층 창문에 걸터앉아 그 앞을 지나는 사람들에게 마구 총을 쏘아댔다. 나에게도 사격을 가하기 시작했는데, 용감한 나는 피하지 않고 그 모습을 사진기에 담았다. 처음에는 모자 한 방, 무릎 한 방, 어깨 한 방, 이렇게 부정확한 탄착군을 형성하던 총알은 금세 렌즈필터를 정통으로 맞히기에 이르렀다. 급기야 카메라에 가려 아주 조금 노출되어 있던 내 왼쪽 뺨으로 플라스틱 총알이 날아들었고, 나는 화끈거리는 뺨을 차가운 눈으로 문지르며 물러서야 했다.

기세가 오른 동자승들은 유리한 지형지물을 이용해 동네 아이들을 상대로 효율적인 공격과 방어를 펼쳤다. 허나 그들은 얼마 버티지 못하고 지상으로 내려와야만 했다. 총알이 모두 소모되어 주우러 내려와야 했던 것이다.

중뎬, 중국

신비
소녀

소녀는 멀리서도 한눈에 띄었다.
나는 구경꾼 무리를 헤치고 아이의 앞으로 갔다.
바로 뒤에는 아이의 아버지가 자랑스러운 눈빛으로 서 있다.
이렇게 예쁜 딸을 두었으니 그럴 만도 했다.
속절없이 내리꽂는 한겨울의 태양은
아이의 보송보송한 두 볼을 벌겋게 태웠을지언정
그 신비스런 눈빛은 빼앗지 못했다.
우주를 닮은 새까만 눈동자가 유난히 예뻤던 소녀.
'신비소녀'란 호칭을 얻으려면 이 정도는 되어야.

중덴, 중국

라싸로
가는 길

📷

라싸는 너무도 멀었다. 한 달 전 폭설로 인해 동티베트 진입에 실패한 이후, 나는 어찌어찌하여 중국 대륙 동쪽 끄트머리 상하이로 흘러 들어갔다. 중국비자 유효기간은 이제 한 달밖에 남지 않았다. 하루빨리 라싸에 들어가야 했다. 아찔하게 먼 거리도 문제였지만 더 큰 문제는 다른 데 있었다. 우리로 치면 설날인 춘절을 맞아 민족 대이동이 시작된 것이다. 중국에서 대이동이라면 정말 대이동이다. 경부고속도로 막히는 정도의 수준과는 차원이 다르다는 이야기. 따라서 상하이에서 다른 도시로 나가는 교통편을 구하는 건 중국인이 담배를 끊는 것만큼이나 힘들었다. 그렇다고 정 방법이 없는 건 아니었다. 한 여행사 직원은 30만원만 주면 라싸에서 가까운—사실 2000킬로미터 거리니 가까운 건 아니지만, 중국에선 가까운 거다—란저우행 비행기표를 구해주겠다고 유혹했다. 하지만 역시 문제는 가격이었다. 배낭여행자에게 30만원의 비행기표는 사치다. 뭔가 다른 방법이 있을 것이다.

중국지도를 쫙 펼쳤다. 내가 있는 곳 상하이에서 티베트의 수도 라싸까지는 멀어도 한참 멀었다. 한숨이 푹푹 나왔다. 결국 생각해낸 방법은 다음과 같았다. 어차피 큰 도시로 빠져나가는 방법은 없으니 작은 도시로라도 일단 서쪽을 향해 야금야금 전진하는 것이다. 며칠이 걸

릴지 모르는 일이지만 한 달 안에는 갈 수 있을 것 같았다. 나는 수첩에 상하이보다 서쪽에 위치한 도시의 이름을 다섯 개 정도 적었다. 이 중 하나는 걸리겠지. 그러고는 버스터미널로 나가 끝도 없이 구불구불한 줄을 서서 기다린 끝에 드디어 창구 앞에 다다랐다. 가장 멀리 있는 도시부터 확인했지만 줄줄이 표가 없었다. 그런데 딱 한 곳, 허난 성 상추란 곳으로 가는 버스표가 있었다. 그래봤자 상하이에서 그리 멀지 않은 곳이지만 어쨌든 서쪽은 서쪽이다. 나는 그렇게 머나먼 라싸를 향해 작지만 힘찬 한 걸음을 내디뎠다.

상추행 버스는 밤새 17시간을 달렸는데 50명 정원인 버스에 100명은 태운 것 같았다. 옴짝달싹 못하는 건 기본이요, 화장실을 갈 때도 창문을 통해 내려야 했다. 나는 그렇게 닭장 같은 버스 안에서 한 마리의 닭이 되어 중국인들이 먹고 버린 해바라기씨 껍질에 점점 파묻혀 갔다.

드디어 상추에 도착했다. 버스에서 내리자마자 매표소를 향해 뛰었다. 다시 서쪽으로 가는 아무 버스나 잡아타야 했다. 정저우도 좋고 시안도 좋다. 서쪽으로만 가다오. 하지만 이번에는 표가 정말 없었다. 앞뒤로 멘 배낭의 무게를 두 배로 느끼며 뒤로 돌아섰는데 팡옌팡이 내 앞에 서 있었다. 팡옌팡은 버스에서 내 옆자리에 앉았던 청년, 그는 내 고민을 알고 있었다.

"초이! 란저우로 가는 방법을 알아냈어. 지금 당장 기차역으로 가야 해."

"란저우라니 무슨 소리야?"

라싸 시내 한복판에 위치한 조캉 사원 앞 광장은 오체투지를 올리는 순례자들로 인해 하루 종일 발 디딜 틈이 없다. 그래도 마침내 성지를 찾아온 이들은 행복하다. 지금도 티베트 각지에서 라싸를 향해 오체투지를 올리며 거북이 같은 속도로 전진하는 이들이 아주 많다. 원래 라싸는 일생일대의 큰마음을 먹고 목숨을 담보로 하여 찾아오는 곳이다.   라싸, 티베트

사정은 이랬다. 상추는 하루에 한 편씩 중국 북서부 우룸지행 기차가 출발하는 시발역. 그래서 그런지 항상 남는 좌석이 있었다. 비록 춘절 기간이지만 일말의 가능성은 있었던 것.

"기차는 오후 2시에 출발해. 지금이 아침 10시니깐 빨리 가면 표를 구할 수 있을 거야."

그길로 나와 팡옌팡은 오토바이 택시를 잡아타고 기차역으로 바람저럼 달려갔다. 역시 창구에선 남는 표를 팔고 있었다. 중국인들과 거의 레슬링을 한 끝에 란저우행 기차표를 받아들자 그렇게 기쁠 수가 없었다. 당장 팡옌팡을 좋은 음식점으로 끌고 가 맛있는 밥을 사주고 싶었는데 내 마음을 아는지 모르는지 팡옌팡은 극구 사양했다. 그리고 작별인사 '짜이젠' 한마디만 남기고 사라졌다. 눈물 나게 고마운 팡옌팡.

나는 그렇게 란저우행 기차에 올라탔다. 딱딱한 재질에 등받이가 직각으로 고정되어 있는 좌석인 잉쭤(硬座)는 목에 칼이 들어와도 다신 타지 않겠다던 나였는데 지금은 그걸 가릴 처지가 아니었다. 기차 위에 매달려 가라 해도 갔을 거다. 엉덩이가 미친 듯이 쑤시고 척추가 점점 분리되어가는 걸 느꼈지만 마음만은 고향에 가는 중국인들 못지않게 행복했다. 기차는 25시간을 달려 황하가 흐르는 도시 란저우에 도착했다.

기차에서 내렸을 때 난 거의 실신할 지경이었다. 지난 이틀간 거의 먹지도 자지도 못했다. 다음 교통편이고 뭐고 일단 거지 같은 숙소에라도 들어가 좀 눕고 싶었다. 그때 기차역 전광판에 거얼무행 기차 번호가 떴다. 바로 옆 침대칸 항목에는 표가 있다는 뜻인 '有'자가 보란 듯이 깜빡거렸다. 나는 당장 표를 끊었다. 그래, 차라리 기차 안에서 쓰러져버리자. 중국 기차 침대칸은 의외로 깨끗하고 안락하지 않은가.

나는 거얼무행 기차 안에서 거의 죽은 듯 잤다. 그사이 기차는 광막한 대지를 20시간이나 달려 티베트의 북부 관문도시 거얼무에 도착했다. 역을 빠져나오니 마치 나를 기다리고 있었다는 듯 눈앞에 라싸행 버스가 얌전한 고양이처럼 서 있었다. 그래, 내친김에 라싸까지 가는 거다. 적당한 가격으로 흥정을 한 뒤 버스에 몸을 실었다. 중간에 티베트 여행허가증 미소지가 공안에게 걸려 쫓겨나지만 않으면 이번이 마지막 행군이다. 버스는 수천 미터 고도를 제멋대로 넘나들며 탕라산과 낙추 초원지대를 지나 금단의 땅 라싸로 향했다. 공안의 검문을 쉽게 피하기 위해 맨 뒷좌석 그것도 2층에 몸을 실은 나는, 이러다 정말 허리가 부러져 내 몸이 두 동강 날지도 모른다는 생각을 하며 마지막 힘을 냈다.

정확히 18시간 후 버스는 나를 라싸 시내 한복판에 부려놨다. 나를 맞이한 건 어둠 속에 피어나는 달빛과 바람에 흩날리는 비닐봉지뿐이었지만 나는 그 순간이 너무도 감격스러웠다. 며칠이 걸릴지도 모르던 걸, 단 4박 5일 동안 쉬지 않고 달린 끝에 드디어 라싸에 입성한 것이다. 이동한 거리는 대략 5500킬로미터, 자그마치 지구 둘레 반의 반의 반. 이 기록은 여행하는 내내 깨지지 않았다.
나는 그대로 숙소에 쓰러졌고, 10분만 걸어가도 보이는 포탈라 궁을 그다음 날에나 구경할 수 있었다. 그리고 한 사흘 동안은 고산병을 동반한 감기 몸살로 고생했다.

티베트에서 만나는 붉은 승복의 라마승들은 속세와 완전히 분리된 종교인이라기보다는 그저 평범한 일상의
풍경에 가깝다. 그들은 낯선 여행자와 수다 떨기를 좋아하고, 카메라를 들이대도 적극적인 자세로
촬영에 임한다. 그리고 마지막에는 조용히 귓속말로 여행자에게 질문을 던진다. 혹시 달라이 라마 사진이
있느냐고. 중국 정부는 티베트인들의 영혼과도 같은 달라이 라마의 사진 소지를 일체 금지하고 있다.

달라이 라마가 살던 포탈라 궁은 입장료를 받는 박물관으로 전락한 지 오래고, 중국 화폐인 50위안 지폐의
뒷면에 쏙 들어갔다. 바로 앞 인민광장에서는 밤이 되면 화려한 조명과 함께 분수쇼가 펼쳐진다.
티베트의 상징 포탈라 궁은 점점 그 위엄을 잃어가고 있다.

600여 년의 유구한 역사를 자랑하는 데풍 사원은 내가 방문하기 얼마 전 난리가 났었다.
달라이 라마를 비난하는 문서에 서명을 하지 않는다는 이유로 많은 스님들이 잡혀가고 사원은
잠정 폐쇄가 됐다. 한때 만 명의 스님이 붐볐던 사원은 문화혁명의 광란을 거쳐 현재 수백 명의 스님만이 남아 있다.

간쩨중학교
습격사건

어디선가 아이들이 재잘대는 소리가 들려오면 자연스레
발길이 그곳으로 향하는 나를 발견한다.
이날도 그랬다. 원래는 10만 좌(座)도 넘는 불상이 있다는
갼쩨의 명물 펠코르체데 사원으로 가던 중이었는데
그만 옆길로 새고 말았다.

운동장에서 뛰어놀던 아이들의 모습에 눈길이 사로잡힌 것이다.
마침 교문을 지키는 사람도 없기에 교정 안으로 불쑥 들어가버렸다.
아이들은 금세 내 주위로 몰려들었고
나는 사진기를 무기 삼아 한창 인기를 끌었다.

그러던 중 학교종이 울렸다.
아이들은 먼지바람을 일으키며 교실로 들어갔고,
나 혼자 덩그러니 운동장에 남겨질 찰나,
한 아이가 내 바짓가랑이를 잡아끌었다.

나는 그렇게 얼떨결에 어느 교실로 들어가게 됐다.
곧이어 담임선생님이 들어왔고 난 쫓겨날 줄 알았다.
그런데 이 젊은 여선생님은 수업을 구경해도 좋다고 했다.
뿐만 아니라 교실 바닥을 살금살금 기어다니며 사진도 찍을 수 있었다.

[+]

엥겔스, 레닌, 마오쩌둥의 초상이 교실 뒤편에 차례로 걸려 있다. 달라이 라마의 초상이 걸려 있어야 할 바로 그 자리에.
갼쩨, 티베트

수업이 다 끝난 후에는 선생님을 비롯한 학생 모두를
칠판 앞에 모아놓고 단체사진도 찍어주었다.
이 사진은 나중에 교실 게시판에 붙었다.
나와 아이들은 수업이 끝난 후에도
교실을 마구 휘젓고 다니며 사진을 찍고 놀았다.
덕분에 그날 가려던 펠코르체데 사원은 코빼기도 구경하지 못했다.
친절한 여선생님은 나를 학교 안에 있는 자신의 방으로 초대해
차를 대접했다.

이 학교에 부임한 지 겨우 6개월밖에 안 된
열아홉 살 꽃다운 나이의 그녀.
어릴 적 부모님이 이혼하는 바람에 학비가 지원되는
라싸사범대학에 들어갔단다. 아이들 가르치는 게 힘들지 않느냐는
내 질문에 단번에 그렇다고 대답한다.
특히 학생들의 나이가 들쭉날쭉, 그중에서도 자기보다 두 살 어린
녀석이 선생님을 선생님이 아니라 친구로 대한다고.
이혼한 부모님을 다시는 보기 싫다는 그녀.
대학 시절 사진첩을 신나게 넘겨가며 설명해주던 소녀 같은 그녀가
지금은 6년차 선생님이 되었을 텐데,
이젠 학생들 다루는 솜씨가 제법 능숙해졌겠지.

맨 뒷줄 키가 제일 큰 남자아이가 바로 선생님을 친구로 대하는 녀석이다. 생긴 것도 제일 개구쟁이 같다.

펠코르체데 사원 뒤로 돌산 위에 웅장한 성이 보인다. 18세기 초, 영국군이 침략했을 때 간째의 주민들은 최후의 식량과 돌멩이가 떨어질 때까지 성안에서 싸우다 투항을 포기하고 절벽 아래로 몸을 던졌다. 그 이후로 이 성은 영웅성(英雄城)이라 불린다.

책보다
여행

📷

'샹그릴라'라고 불리는 차마고도의 입구 중뎬에 들어서자 눈발이 날리기 시작했다.

이 여행에도 겨울이 찾아온 것이다. 이제는 티베트 고원을 넘어 네팔로 건너가는 그날까지 추위와 맞서 싸워야 한다. 배낭 밑바닥에 꾹꾹 눌러놓았던 오리털 점퍼를 처음으로 꺼내 입었다. 여행을 떠나기 전 커다란 부피 때문에 챙길까 말까 고민을 많이 하던 옷이었는데 잘 가져왔다는 생각을 몇 번이고 했다. 아랫도리는 얼마 전 리장에서 산 내복바지로 충분히 버틸 수 있었다. 다만 돈을 아낀답시고 한 벌만 사는 바람에 티베트를 떠나는 그날까지 거의 빨지 않고 입었다. 장갑도 한 켤레 마련했다. 손가락 끝마디가 삐져나오는 '요술장갑'이었다. 추위 속에서도 손끝에 닿는 셔터의 느낌을 잊지 않기 위한 요령이었지만 덕분에 손가락 끝이 죄다 터져 피와 엉겨붙는 바람에 고생을 좀 했다.

가뜩이나 척박한 티베트 고원에 내리는 눈은 그야말로 설상가상.
하지만 어쩌랴. 이것이 그들의 삶이고 또 지금까지 잘 살아왔거늘.   중뎬, 중국

하룻밤에 우리돈 2000원인 숙소의 공동욕실은 저녁에, 그것도 단 한 시간 동안만 뜨거운 물이 나왔다. 그마저도 나오지 않는 날이 많아 샤워를 자주 하지 못해 온몸이 간지러웠다. 그나마 침대 위에 깔려 있는 전기장판 덕분에 잠은 그럭저럭 잘 수 있었다. 숙소 근처에 있는 물만두 집은 내 유일한 낙이었다. 외할머니가 빚어주시던 만두를 생각나게 하는 그 물만두 집을 나는 하루에도 몇 번씩 드나들었다. 아마 이곳 만두가 없었으면 나는 내 여행에 일 보 후퇴명령을 내렸을지도 모르리라. 이럴 땐 정말이지 여행할 맛이 뚝 떨어진다. 간절했던 티베트를 코앞에 두고도 내 머릿속은 따뜻한 남쪽에 가고 싶단 생각으로 꽉 차 있었다.

어느 날이었다. 침대에 몸을 파묻고 고개를 왼편 벽으로 떨구었는데 웬 낙서 한 줄이 눈에 들어와 박혔다.

"Traveling thousands of miles is better than reading thousands of books."

—수천 마일을 여행하는 것이 수천 권의 책을 읽는 것보다 낫다.

어느 여행자가 적어놓은 모양이었다. 나는 이 낙서를 몇 번이고 따라 읽으며 그 의미를 음미해보았다. 순간 눈이 번쩍 뜨였다. 그렇다. 세 상이 곧 책이고 여행은 그걸 읽어가는 과정인 것이다. 지금 이 순간 내 가 가진 불평불만 따위도 여행의 책장을 넘기는 의미 있는 과정이라고 생각하니 이 여행이 새삼스레 소중해졌다. 갑자기 행복감이 차오르면 서 힘이 솟기 시작했다.

나는 이 글귀를 내 기억 속의 칠판에 또렷이 적어놓았다. 그리고 여행 이 끝나는 그날까지 끊임없이 떠올리며 이 여행에 대한 회의가 고개를 들 때마다 마음을 다잡는 데 써먹었다. 또한 나에겐 아직도 여행이 한 참 더 남았다는 생각에 다시금 설레기 시작했다. 나는 앞으로 얼마나 많은 책을 읽게 될까. 그런데 너무 두껍지도, 어렵지도 않은 책이면 좋 겠다.

내 생애 가장 추운 밤을 보낸 팅리에서 네팔 국경마을 장무로 향하는 길.
양쪽에 세계의 지붕 히말라야를 끼고 버스는 통통거리며 한없이 달려간다. 정말 이렇게 가면 국경은 나오는
것인가 수차례 의심을 해본다. 버스는 비행기가 착륙하듯 서서히 고도를 낮췄고 창밖은 시나브로 초록색으로
물들었다. 드디어 이 여행의 겨울이 지나가고 있었다. 우정공로. 티베트

얼음땡

📷

가만히 앉아 5분간 지켜본 결과 '얼음땡'이었다.
한 명의 술래가 다른 녀석들을 열심히 잡으러 다녔고,
도망치는 아이들은 술래에게 잡힐까 싶으면
재빨리 뭐라 외치며 숨쉬기를 제외한 모든 동작을 멈추었다.
그리고 아직 살아 있는 녀석들이 구하러 와주길 기다렸다.
심지어 정확히 신체를 접촉시키며 '땡'이란 주문을 외야만
얼음에서 풀려날 수 있는 법인데 제멋대로 땡을 풀고 도망쳤다가
이에 화난 술래가 잔뜩 벌게진 얼굴로
"나 술래 안 해!"라며 토라지는 광경까지 똑같았다.
그렇게 아이들은 카트만두 공터에서 사이좋게 술래를 번갈아 하며
얼음땡을 하고 있었다.

한편 얼음땡은 아이들만 하고 있는 것이 아니었다.

⌐

네팔은 이주자의 나라다. 거대한 두 대륙이 만나 솟은 땅 위로 남쪽에서는 인도 아리아계가,
북쪽에서는 티베트계와 몽골계 사람들이 히말라야를 넘어와 정착했다. 얼음땡을 즐기는 아이들만 봐도
네팔의 복잡한 인종 구성을 한눈에 알아볼 수 있다.

카트만두, 네팔

네팔이란 나라도 지난 수년간 얼음땡을 하고 있었다.

다만 여기에는 문제가 좀 있었다. 몇 년 전 친형을 죽이고
스스로 국왕이 된 갸넨드라는 혼자 너무 오래 술래를 하고 있었다.
대대수의 국민은 도망 다니다 못해 얼음을 외치며 동작을 멈춘 지
오래였고, 유일하게 아직 얼음을 외치지 않은 반군들은
아예 깊은 산속으로 숨어버렸다.

간혹 산에서 몰래 내려와 얼음인 국민들을 풀어주긴 했으나
술래로 분신한 정부군 때문에 이도 여의치 않았다.

또한 이런 부당한 얼음땡을 밖에서 지켜보던 세계의 힘센 나라들은
네팔은 산만 예쁘고 높았지 별 실속이 없다는 이유로
네팔 국민들의 얼음을 풀어주지 않았다.

그래서 국민들은 생각했다. 그리고 결심했다.

스스로 얼음을 풀어버리기로.

내가 네팔을 떠나 인도에 들어오자마자
네팔에서는 민주주의 혁명이 일어났다.

먼저 학생과 선생님 들이 수업을 거부하며 거리로 나왔고,
이어 일반 국민들도 생업을 내팽개치고 거리로 쏟아져나왔다.

국민들의 평화적인 시위에 맞서
갸넨드라는 공권력을 동원해 마지막 발악을 했다.

히말라야의 천국 포카라에 무지개가 두 개나 떴다. 각각의 무지개에 이름을 붙여본다.
하나는 평화, 다른 하나는 사랑. 이곳은 네팔이니까. 포카라, 네팔

이런 네팔의 민주혁명 소용돌이 속에서
애꿎은 여행자들도 된서리를 맞았다.
네팔로 들어가고 나오는 교통이 완전 두절된 것은 물론이요,
네팔 안에서도 이동이 불가능해졌다.
결국 혁명이 가라앉을 때까지 숙소에 처박혀 있거나,
비자 기간이나 여행 일정에 문제가 있다면
스스로 빠져나오든지 해야 했다.
결국 일부 여행자들은 몇 날 며칠을
걸어서 또는 자전거를 타고 인도로 넘어왔고
이는 배낭여행자 세계의 무용담으로 고스란히 남았다.
나는 이때 인도 바라나시에서 매일 소똥을 밟고 있었는데,
하필 지금 네팔에서 혁명이 일어나는 바람에
여행 일정이 완전 틀어졌다며 투덜거리는 어느 여행자의 얼굴을
한심스런 눈빛으로 바라보며 네팔에 사는 내 친구들을 걱정했다.
그리고 지금 이 시각에도 열심히 혁명 중인 네팔 국민들을
멀리서나마 마음속 깊이 응원했다.

그로부터 한 달 뒤,
가짜 국왕 갸넨드라는 결국 항복을 했다.
네팔에 민주주의의 봄이 찾아온 것이다.
나는 그게 마치 내 나라 일인 것처럼 기뻤다.
네팔(NEPAL)의 뜻이 다음과 같다는 설이 있다.
'Never Ending Peace And Love'
이제 그 이름값을 할 때다.

깜이야기

안나푸르나, 네팔

안나푸르나 베이스캠프를 내려오는 길이었다. 포터 셰르가 어느 집 앞에 갑자기 멈춰 섰다. 셰르는 뭐가 그리 좋은지 아까부터 입이 귀에 걸려 있었다. 물어보니 이 집에서 개를 한 마리 사갈 거란다. 그래서 기분이 그렇게 좋은 거였다. 들판에는 검은 강아지 한 마리가 닭들과 뒤섞여 맘껏 뛰놀고 있었다.

셰르는 산에 오르기 전부터 저 강아지를 맘에 두었다고 했다. 알고 보니 개 목줄도 미리 준비해놓았다. 셰르는 나더러 강아지 이름을 지어달라고 했다. 나는 강아지의 털 색깔, 부르기 쉬운 발음, 한국어, 이 모든 요소를 감안해 '깜'이란 이름을 지어주었다. 셰르는 이름이 꽤 그럴듯하다며 좋아했고, 안나푸르나 산속 검은 강아지는 깜이란 이름이 지어짐과 동시에 생애 최대의 변화를 맞이했다.

깜은 가족과 마지막 인사를 나눴다. 아주머니는 짧은 기간이나마 기른 정이 아쉬웠던지 깜의 머리에 진한 키스를 했다. 목줄이 채워지고 우린 다시 길을 떠났다. 그런데 깜을 데려가는 일은 여간 힘든 게 아니었다. 녀석은 낑낑 울부짖는 소리를 내며 아예 바닥에 주저앉아버렸고, 우리는 모래밭에서 눈썰매를 끌듯이 질질 끌고 가야만 했다. 엉덩이를 때리고 소리를 질러도 소용이 없었다. 깜이 되기 싫다는 깜의 의지는 그렇게 완고했다.

하지만 오르막길을 가야 하는데 언제까지 질질 끌고 갈 수는 없었다. 하는 수 없이 우리는 번갈아 깜을 들고 올라갔다. 깜은 명색만 강아지지 덩치가 꽤 컸다. 게다가 털은 어찌나 푹신하고 따뜻한지 마치 털조끼를 걸치고 등산을 하는 것 같았다. 온몸에선 땀이 연신 흘러내렸다. 품에 안긴 깜은 고개를 넘어 더 이상 집이 보이지 않을 때까지 시선을 집으로 향하고 있었다. 나는 지금도 한없이 슬펐던 깜의 눈동자를 잊을 수가 없다.

깜을 데려간 마을은 셰르가 태어나서 어린 시절을 보낸 곳이다. 청년이 된 셰르는 형과 함께 돈을 벌기 위해 포카라 시내로 나왔다. 당시 정든 집을 떠나 도시로 향하던 셰르의 마음도 지금 깜의 마음과 같지 않았을까.

지난 일주일 동안 안나푸르나 트레킹에서 무거운 짐을 들어주고 길을 안내해준 가이드 겸 포터 셰르. 체력과 운동 실력은 기본이고 얼굴도 잘생긴 데다가, 노래, 춤, 시 짓기, 글씨 예쁘게 쓰기 등 여자친구 없는 것 빼고는 못하는 게 없었던 셰르. 여행사를 차리는 게 꿈인 셰르가 꼭 그 꿈을 이뤘으면 좋겠다.

그나저나 지금은 개가 됐을 깜이 아직도 깜이라 불리는지 궁금하다.

드디어 안나푸르나 베이스캠프에 도착했다. 무려 해발 4130미터. 안나푸르나의 봉우리는 구름에 가려 제 모습을 쉽게 보여주지 않았지만, 대신 로지 간판에 당당히 쓰여 있는 한글이 나를 반갑게 맞아주었다. '안녕하세요. 오시느라 고생하셨죠. 짐 내려놓으시고 잠시 쉬었다 가세요.'

Incredible
India

관광공사 사장이 바뀌면 슬로건도 따라 바뀌는 우리나라와 달리
인도정부관광청이 내세우는 것은 예나 지금이나,
그리고 앞으로도 'Incredible India'.

신비로운 인도.
믿기 힘든 인도.
말도 안 되는 인도.

정말 인도는 그랬다.
10시간째 오지 않는 뉴잘패구리행 기차를 기다리던 나는
결국 무갈사라이 역에서 아침을 맞았다.
잔뜩 졸린 눈을 비비며 플랫폼 지붕 위로
떠오르는 해를 감상하는 것도 잠시,
여기저기에서 인도인들이 기어나오기 시작했다.
그리고 그들이 보여준 행동은 상식이란 걸 아예 파괴하는 수준이었다.
선로를 향해 볼일을 보는 것은 약과요,
몇몇 남자들은 선로에 내려가 기차에 냉각수를 공급하는
호스를 집어들어 샤워를 하기 시작했다.
연착시간이 11시간을 향해 가는 기차는 더 이상 아무것도 아니었다.

인도는 그런 곳이다.

뉴잘패구리행 기차는 결국 예정된 시각보다 13시간이 지나서야 뻔뻔한 얼굴을 쳐들고 역에 들어왔다.
그것도 예정된 플랫폼을 멋대로 바꿔서.   무갈사라이, 인도

호기심
천국

자이살메르, 인도

내 이름, 엄마 이름, 아빠 이름, 여동생 이름까지
물어보는 건 좋다 이거다.
그런데 다짜고짜 선생님 이름을 물어오면 난감하기 짝이 없다.

"왓 이즈 유어 티처 네임?"
난 또 그냥 아무 이름이나 대면 될 것을
학창 시절 거쳐간 수많은 선생님의 이름을 일일이 끄집어내어
즉석 콘테스트를 실시한다.
과연 어느 선생님이 대표로 뽑히게 될 것인가. 둥둥둥둥둥.

여행자를 이렇게 만드는 게 바로 인도인이다.
많은 나라를 다녀봤지만 인도인들의 창의적인 호기심은
타의 추종을 불허한다. 처음에는 상당히 귀찮았다.
그래서 대꾸도 안 했다.
하지만 어느 순간부터 그들의 어이없는 질문에
열심히 대답하고 있는 나를 발견한다.

혼자 여행을 하다 보면 사람이 그리워진다.
하지만 인도에서는 아무 걱정이 없다.
사람의 빈자리를 남녀노소 불문한 인도인들이 채워주니까.
빨아도 빨아도 물이 빠지는 인도의 옷감처럼,
지난 3개월간 만났던 수많은 인도인이
내 가슴속에 진하게 물들어 있다.

인도기차
사설청소부

📷

중국만큼은 아니지만,
인도인들도 기차 안에서 어지간히 바닥에 쓰레기를 버린다.
중국에서는 중간 중간 차장이 빗자루를 들고 나와
쓰는 둥 마는 둥 하지만
인도에서는 아예 돈을 주고 사설청소부를 고용한다.

큼지막한 역에 기차가 10분 이상 정차하면
어김없이 조악한 빗자루로 무장한 꼬마들이 나타난다.
이들은 아주 능숙한 솜씨로 온갖 쓰레기들을 한쪽에서 밀기 시작해
반대편으로 모조리 가져가 레일 밖으로 떨어뜨린다.
그리고 나서 당당히 손바닥을 펴고 승객들에게 청소비를 요구한다.
물론 주는 사람도 있고 안 주는 사람도 있지만
나는 항상 주머니에 있는 약간의 동전을 준다.

의기양양한 포즈를 취한 파란 셔츠의 소년은
돈을 받을 때 항상 왼손으로 받아야 할 것이다.

뉴 잘패구리, 인도

운수
좋은 날

과거와 현대가 공존하는 곳 인도 콜카타.
땅 아래로는 전철이 다니고, 그 위로는 릭샤(인력거)가 굴러간다.
스파이크가 촘촘히 박힌 신발을 신어도 모자랄 것을
대부분의 릭샤왈라(인력거꾼)들은 맨발이다.
게다가 종아리와 허벅지는 어찌나 가는지
금방이라도 부러져버릴 것만 같다.

하지만 이들은 자신보다 덩치가 훨씬 큰 사람을 두세 명이나
태우고도 한 손에 든 종을 연신 울려대며
좁은 골목을 쏜살같이 빠져나간다.
여행자들 사이에서는 차마 릭샤를 타지 못하겠다는 식의
소리가 자주 들려온다. 마음이 불편하기 때문이란다.
다른 한편에선 그런 쓸데없는 연민을 버리는 게
릭샤왈라를 진정으로 돕는 길이라는 말도 새어나온다.
어쨌든 그들은 동정보단 동전이 절실하다.

릭샤왈라가 하루 종일 발이 닳도록 릭샤를 몰아 버는 돈은 약 100루피(2400원). 이마저도 릭샤 주인에게 수수료를 내야 한다. 이 '비인간적'인 교통수단을 금지하는 법안이 몇 년 전 웨스트 벵갈 주 의회에서 통과되었다. 하지만 가난에 떠밀려온 콜카타의 불안한 삶들은 이 오래된 수레를 목숨처럼 붙들고 있다. 콜카타, 인도

콜카타에 도착한 나는 언젠가
저 릭샤를 반드시 타보기로 마음먹었다.
게다가 적당한 바가지는 기꺼이 써줄 용의도 있었다.
과연 어느 릭샤왈라가 운수 좋은 날을 맞이할 것인가.

하지만 결국 난 콜카타를 떠나는 그날까지 릭샤를 타보지 못했다.
릭샤를 타고 어디 돌아다닐 만한 곳이 없었기 때문이다.
좀 먼 거리는 택시나 지하철을 탔고,
짧은 거리는 걸어다니면 됐다.
그러나 어쩌면 이건 핑계,
릭샤왈라를 돕겠다는 내 성의가 부족했던 거다.

콜카타 당국은 교통체증은 물론
릭샤를 끌기 위해 밀려드는 방글라데시 불법 이민자들로
골치를 썩는 통에 릭샤를 조만간 박물관 속으로
밀어넣을 것이라고 한다.

가뜩이나 가끔 찾아오는 릭샤왈라의 운수 좋은 날은
이제 얼마 남지도 않았다.

일 년 중 릭샤왈라가 가장 바쁜 날은 거리가 온통 빗물로 넘치는 몬순 기.
콜카타 시장조차 릭샤를 찾는다는 장마철은 아직 두 달이나 남았다.

콜카타의 지독한 악취에 누군가는 코를 틀어막고,
누군가는 콧속 깊이 공기를 빨아들여 생계를 위한 에너지로 삼는다

크리켓과 크리켓,
또 크리켓

어느 한 스포츠를 진정 사랑해본 적이 있는가. 과연 우리에게 국민 스포츠라고 불릴 만한 게 있는지. 축구, 야구, 농구? 어느 하나 자신 있게 대답할 수 있는 스포츠가 없다. 하지만 인도는 다르다. 만약 인도인들에게 가장 좋아하는 스포츠가 무엇이냐 묻는다면 12억 인구 모두 이구동성으로 '크리켓'이라 외칠 것이다. 세계 최고의 여행 가이드북 『론리플래닛』 인도 편에는 크리켓에 관해 이렇게 적혀 있다.

"In India, it's all about cricket, cricket and cricket!"
— 인도에서는 크리켓, 크리켓 그리고 크리켓이 최고다.

인도 시킴 주의 주도 강토크.
좌우로 네팔과 부탄, 위로는 티베트와 맞닿아 있어 역사적으로나 문화적으로나 인도 본토와는 거리가 멀다.
하지만 크리켓은 그 위세를 머나먼 히말라야 산속까지 떨치고 있었으니.
동자승들은 틈만 나면 서로 투수와 타자를 바꿔가며 크리켓에 열중이었다.   강토크, 인도 크리켓이라는 스포츠가 있는지도 모르는 사람이 인도 여행을 하면 지연스레 크리켓 홍수에 빠지게 된다. 길거리는 해가 지기 전까지 크리켓을 하는 사람들로 넘쳐나고, TV를 켜면 온종일 크리켓 경기다. 신문을 펴면 반 이상이 크리켓에 관한 이야기로 도배고, 국민들로부터 최고의 사랑을 받는 이는 발리우드 영화배우가 아닌 잘나가는 크리켓 선수다. 크리켓 게임을 내장한 핸드폰이 불티나게 팔리고, 아이들이 꿈에서라도 받고 싶어하는 선물은 단연 크리켓 배트. 앙숙 파키스탄과 경기를 하는 날이면 인도 대륙 전체가 들썩이고, 만약 지기라도 한다면 곳곳에서 폭동이 일어나 신문과 방송을 장식한다. 우리 한일전은 저리 가라. 이쯤 되면 인도인에게 크리켓은 『론리플래닛』 말마따나 단순한 스포츠를 넘어 삶 자체라고 할 수 있다.

과거 식민지 시절, 영국인들은 자신들이 심어놓은 크리켓이 인도를 무섭게 단결시키자 동부에는 축구를 보급하고 중서부에는 크리켓을 가르치는 '스포츠 분리정책'을 실시했다고 한다. 하지만 역사가 어떻든 인도인이 크리켓을 대하는 태도는 한결같다. 그들은 예나 지금이나, 지구가 멸망하는 그날까지 크리켓이라면 사족을 못 쓸 것이다. 셀수 없는 신들이 공존하고, 다양한 인종, 무려 22가지의 공용어에 천차만별의 자연환경을 가진 인도. 다양성에 대해서 전 세계에서 둘째가라면 서러울 인도가 스포츠에서 만큼은 크리켓으로 통일된 것이 무척 신기하기만 하다.

갠지스 강을 따라 늘어선 바라나시의 길쭉한 가트(강가에 닿은 돌계단)는 크리켓을 위한 최고의 경기장을 제공한다. 열심히 구경하는 여행자에겐 잘하면 타석에 서는 기회가 주어질 수도 있다.　바라나시, 인도

이상한 나라
함피

"함피는 세상에 존재할 수 없는 풍경이다."
—Nicolo dei Conti(15세기 이탈리아 여행가)

지난밤 하이데라바드에서 출발한 버스가 힌두스탄 평원의 새벽 어둠을 뚫고 열심히 달려 함피의 관문 호스펫에 거의 도착할 무렵, 나는 겨우 눈을 떴다. 이번 야간버스 여정은 유난히 고달팠다. 버스 좌석에 전세를 내어 살던 벼룩은 내 등을 초토화시켰고, 누워 잠든 인도인들은 자꾸 내 몸에 다리를 얹었다. 지친 시선을 차창 밖으로 옮겨 차가운 아침햇살 아래 펼쳐진 풍경을 처음 보았을 때의 그 느낌을 지금도 생생히 기억한다. 600여 년 전 나보다 더 고생하며 이곳에 찾아왔을 이탈리아 탐험가와 동일한 감정을 공유하는 순간. 아프간 반디아미르 호수가 신들의 목욕탕이었다면, 함피는 신들이 공기놀이를 하다가 공깃돌을 잔뜩 흩뿌리고 간 곳이다. 집채만 한 돌들이 지천으로 널려 있는 곳 함피. 이상한 나라에 빠진 앨리스처럼, 인도 대륙을 종횡으로 가로지르는 여행자라면 이상한 나라 함피에 꼭 빠지게 되어 있다.

함피는 14세기 초 후카와 부카 형제가 세운 비자야나가르 왕국이 200년이 넘도록 인도 역사상 가장 큰 영광을 누렸던 곳이다. 당시 건설된 화려한 사원과 궁전은 수백 개가 넘고, 그중 세월의 풍파를 견뎌낸 일부만이 유네스코 세계문화유산 딱지를 붙인 채 함피 유적군을 형성하며 남아 있다.

예전에는 전 세계에서 몰려든 상인들로 시장이 복작거렸고, 각종 향신료, 면화, 비단, 루비, 진주, 다이아몬드와 같은 보석들이 금과 은으로 교환되어 팔려나갔다고 한다. 하지만 영원한 제국은 없는 법. 1565년, 비자야나가르 왕국은 이슬람 연합 세력의 침입에 맥없이 무너졌고, 한때 50만 명의 인구를 자랑하던 함피는 이제 1000명 남짓한 마을 주민만이 폐허의 쓸쓸함을 달래고 있다.

내가 함피를 찾은 5월에 인도는 더워도 너무 더웠다. 게다가 수많은 돌덩어리들이 뿜어내는 한낮의 복사열은 여행자로부터 여행능력을 빼앗아가기에 충분했다. 함피에 머무는 일주일 남짓한 동안, 내가 한 유일한 여행은 해가 질 무렵 함피가 한눈에 내려다보이는 마탕가 언덕에 오르는 일이었다. 그곳에는 일몰을 바라보며 사랑을 속삭이는 서양인 커플도 있었고, 함피에 사는 다정한 모녀도 있었고, 서로 털을 골라주는 원숭이 가족도 있었지만 나는 늘 혼자였다. 여행은 혼자 하는 것이 제맛이라지만 혼자 하는 여행이 길어지면 그저 외로울 뿐이다.

덕분에 원색의 인도옷을 입고, 한참 기른 머리카락을 휘날리며 마탕가 언덕 위에 폼 잡고 앉아 있던 내 사진은 단 한 장도 없다. 조금은 쑥스럽겠지만 예쁜 미가나에게 카메라를 주고 내 모습을 찍어달라고 할 걸 그랬다. 더 좋은 방법은 소녀의 어머니가 나와 미가나를 함께 사진 속에 담아주는 것이었겠지만.

[+]

함피에 도착한 첫날 저녁,
마탕가 언덕에서 만난 이후 우리는 매일 만났다. 소녀의 집은 내가 묵고 있던 숙소 바로 옆이었다.
예쁜 여자들은 도도하다더니 꼭 소녀가 그랬다. 여느 인도 아이들은 나와 친해지고 싶어 안달이었지만
소녀는 그렇지 않았다. 세심한 어머니의 돌봄을 받고 있던 소녀는 입고 있는 옷도 매일 달랐고,
내가 인사를 건네면 살짝 눈웃음만 지어주고 사라질 뿐이었다.
함피를 떠나는 마지막 날, 용기를 내어 소녀의 이름을 물었다. '미가나.' 얼굴만큼 예쁜 이름이었다.
그날 이후로 난 인도영화 포스터를, 특히 여주인공을 유심히 보는 습관이 생겼다.
발리우드의 도시 뭄바이는 함피에서 그리 멀지 않다.

"나는 폐허를 좋아한다. 꿈을 꾸게 해주기 때문이다.
그곳을 이루던 벽이며 세월이 지나면서 허물어진 기둥들을 내 마음대로 건설할 수도 있다."
—베르나르 올리비에 「나는 걷는다」 중에서

이슬람
연습

인도 여행을 성공적으로 마친 여행자가 육로를 통해 계속 서쪽으로 가기 위해서 반드시 거쳐야 하는 문화권 이슬람. 술과 고기를 좋아하는 한국인 여행자들이 감당하기에 이슬람 문화는 결코 만만한 상대가 아니다. 게다가 이 문화권에 속한 대부분의 나라들이 미국을 위시한 서방세계와 늘 대립하고 있는 탓에 친미국가 출신 여행자의 신변은 쉽게 위험에 노출된다. 어느 이슬람 국가를 여행하던 힘없는 동양인 남자가 현지 청년들에게 성폭행을 당했다는 소문은 배낭여행자 세계에서 매년 돌고 도는 레퍼토리다. 일부다처제 때문에 짝짓기 경쟁에서 밀려난 동병상련의 남성들이 자연스레 동성애를 키운다나 뭐라나.

아무튼 이슬람 국가에 발을 들여놓은 여행자는 이제 술과 돼지고기는 금물, 양고기의 비릿한 냄새에 익숙해져야 하며 여성과 함부로 접촉해서도 안 된다. 아무리 더워도 반바지는 배낭 속에 넣어두는 게 좋고, 버스를 타고 가다가 기도시간이 되어 차를 멈추고 모든 승객이 메카를 향해 절을 올린다 해도 버스 기사에게 결코 짜증을 부리면 안 된다. 또한 라마단˙ 기간이라도 걸리는 날에는 밤과 낮이 뒤바뀐 채 해가 지기 전까지 온종일 배를 졸졸 굶고 있어야 하니, 이슬람 문화권 여행은 어쩌면 일종의 수행일지도 모른다.

˙ 아랍어로 '더운 달'을 뜻하는 말. 이슬람력(曆) 9월을 가리킨다.
이슬람 세계에서는 9월을 신성한 달로 여겨 이 기간에는 일출에서 일몰까지 의무적으로 금식한다.
또한 물, 성관계도 금지된다.

카슈가르에 당도한 여행자에겐 무려 6가지의 옵션이 주어진다.
카자흐스탄, 타지키스탄, 키르기스스탄, 아프가니스탄, 파키스탄, 인도. 카슈가르에는 국경을 골라 넘는 재미가 있다.
카슈가르, 중국

중국 신장웨이우얼 자치구 남서부의 작은 오아시스 도시 카슈가르. 본격적인 이슬람 여행에 앞서 그네들 문화를 미리 체험하기에 제격인 곳이다. 카슈가르는 예부터 동서 문물이 서로 얼굴을 맞대는 접촉지로 중앙아시아에서 들고 나가는 실크로드의 요지였다. 불과 반세기 전만 해도 '동투르키스탄 공화국'이란, 엄연한 독립국의 수도였던 카슈가르는 인구의 대부분이 터키계 위구르인으로 이슬람교를 믿는다. 이곳 사람들의 생김새와 차림새는 한족으로 대변되는 중국과는 분명히 이질적이다. 움푹 팬 눈동자엔 푸른빛이 감돌고 검붉은 피부에 콧날이 오똑하다. 남자들은 '도빠'라 불리는 위구르 전통 모자를, 여자들은 머리를 가리는 두건을 쓴다. 문자와 언어 역시 중국과 모두 다르다.

카슈가르는 티베트 자치구와 더불어 반정부 시위로 뉴스에 등장하는 단골손님이기도 하다. 오늘도 중국 정부는 독립에 대한 열망을 억누르기 위해 열심히 한족을 카슈가르에 이주시키고, 도시 한복판에 마오쩌둥 동상을 세운다. 하지만 카슈가르에 사는 위구르인들은 지금껏 살아온 리듬에 맞춰 꿋꿋이 삶을 꾸려가고 있는 중이다. 광장 시계탑의 시곗바늘은 동쪽으로 무려 3000킬로미터 이상 떨어진 베이징의 시간을 억지스럽게 가리키고 있지만 이들은 카슈가르의 섭리에 따라 생활한다. 아침 일상은 10시나 되어야 시작되고, 자정에도 도시는 여전히 활기차다.

카슈가르의 가장 큰 볼거리는 뭐니 뭐니 해도 일요시장. 카슈가르는 실크로드의 교차로인 만큼 톈산남로•를 건너온 상인들과 파미르 고원을 넘어온 서쪽 상인들이 만나 한바탕 시장이 열리는 곳이다. 세월이 흘러 시장이 상설되고 사람들이 붐비는 규모가 많이 줄었다지만 여전히 세계 최대의 재래시장으로 손꼽히는 카슈가르 일요시장은 타지에서 몰려든 사람들로 인해 당일 도시 인구가 10만 명 가까이 늘어날 정도로 성황이다. 셀 수 없이 많은 사람들이 당나귀를 비롯한 각종 교통수단에 물건을 잔뜩 싣고 와서 흥정을 벌이는 풍경은 마치 실크로드를 배경으로 하는 영화의 세트장처럼 아득하기만 하다.

가여울 정도로 많은 짐을 실은 당나귀, 수염을 기른 노인, 머리를 천으로 가린 여인네, 화덕에 구운 빵, 지붕이 둥근 모스크에서 울려퍼지는 종소리, 그리고 양고기 굽는 매캐한 연기가 얼굴에 훅 끼쳐오면 여행자는 비로소 서역(西域)에 왔음을 깨닫는다. '이슬람 연습'은 카슈가르에서 충분히 했다. 이제 본격적인 이슬람 문화권 여행의 시작이다. 과연 여행자 앞에는 어떤 일들이 벌어질까?
이런들 어떠하리, 저런들 어떠하리.
그저 알라신만이 알고 계실 일이다.
인샬라―신의 뜻대로.

● 중국 톈산 산맥 남쪽 기슭의 오아시스를 연결하는 고대의 동서(東西) 간 육로

수천 년 동안 위구르인들의 삶의 터전이었던 카슈가르 구 시가지.
소녀들이 열심히 물청소를 하고 있는 유서 깊은 골목은 하나둘씩 사라지고 있는 중이다.
중국 정부는 지진 발생 시 붕괴 위험을 이유로 오래된 진흙 벽돌을 부수고 그 자리에 고층 건물을 짓고 있다.

우리네 대형마트에 주차장이 있다면 카슈가르 일요시장에는 수레를 끌고 온 당나귀나 말을 매어두는 공간이 있다.
수십·마리의 당나귀가 일제히 지르는 비명에 가까운 울음소리는 색다른 흥밋거리다.

못 말리는 호기심

창밖으로 집 한 채가 보인다.

차를 멈추고 마을을 좀 둘러봤으면 좋으련만 갈 길이 멀다.

갑자기 펑 하는 소리와 함께 차가 한쪽으로 기울었다.

바퀴가 터진 것이다. 순간 얼굴에는 웃음이 번졌다.

바퀴를 갈아 끼우는 사이 저곳에 다녀올 수 있을 것이다.

카메라를 둘러메고 최대한 정중한 표정을 지으며

어느 집 마당으로 들어갔다. 그때 일이 벌어졌다.

마당에 있던 대여섯 명의 여인들이 황급히 두건으로 얼굴을 가린 채

집 안으로 쏜살같이 들어간 것이다.

마당에 남은 건 나와 몇 명의 아저씨,

그리고 개구쟁이 남자아이들뿐이었다.

가장으로 보이는 아저씨가 말했다.

"차 한잔하고 가세요."

차가 나오길 기다리고,

또한 여인네들이 좀 나와주길 기다리는데

이들의 행동이 참 재미있다. 아예 모습을 보이고 싶지 않으면

문 걸어 잠그고 안 나올 것이지,

쉴 새 없이 방문을 열었다 닫았다 하며

새로운 방문객에 대한 호기심을 주체하지 못했다.

마치 '무궁화 꽃이 피었습니다' 놀이를 하듯이

우리가 등을 돌리고 있으면 문을 열어 관찰하고,

저들끼리 킥킥거리고 밀치고 하다가도,

고개를 홱 돌려 쳐다보면 화들짝 놀라며 문을 쾅 닫아버린다.

이슬람 국가에서는 그 집 가장에게 허락을 받으면
여인들과 이야기도 나누고 사진도 찍을 수 있다기에
아저씨에게 부탁을 하고 허락까지 받았지만
그들이 싫다는 건 가장도 어쩔 수 없었다.
보아하니 여인네들이 가장 관심 있어하는 건 바로 사진기였다.
찍고 싶어 안달이 난 남자아이들을 우리가 찍어주고
화면을 보여주는 걸 너무 재미있어했다.
저들도 제 예쁜 모습을 직접 확인하고 싶었으리라.

한편 일행 중 한 명이 옆으로 난 골목길에서 남자아이들 사진을
찍어주고 있었다.

타르싱, 파키스탄

그때였다.
주방문이 빠끔히 열리고 몇 명이 튀어나와
내 존재는 전혀 알아차리지 못한 채
열심히 골목길을 구경하고 있었다.

나는 아저씨에게 눈치를 한번 준 다음
조심스레 카메라를 들어 몇 장 찍었다.
물론 여인네들은 잠시 한눈을 팔았을 뿐이지,
이내 카메라를 알아차리고 기겁을 하며 다시 안으로 숨어버렸다.

곧이어 차가 나오고
우리는 서로 전혀 통하지 않는 대화를
열심히 나누며 즐거운 시간을 보냈다.
미안하게도 우리가 마신 차는 안에 숨어 있던 여인들이 끓여준 것이었다.

감각의
역치

중국 카슈가르에서 파키스탄 아보타바드까지 뻗은 총 1200킬로미터의 카라코람 하이웨이.
히말라야, 힌두쿠시, 카라코람 등 거대한 산맥들을 가로지르며 만들어진 이 도로 위에서 20년간
파키스탄인 810명, 중국인 82명의 일꾼들이 희생됐다. 중국 타슈쿠르칸을 떠난 버스가
파키스탄 국경에 다다르기 전 '볼일'을 볼 수 있는 마지막 기회.

여행이 일상이 되면 감각이 무뎌진다.
톈안먼 광장만 봐도 흥분을 감추지 못했던 내 감각의 역치는
어느새 하늘 높은 줄 모르고 솟아 있었다.
여행이 길어진 탓이다.

모든 여행자의 로망,
중국과 파키스탄을 연결하는 세계에서 가장 높고도 아름다운 길,
카라코람 하이웨이를 넘어 그 유명한 파키스탄의 장수(長壽)마을
훈자에 왔건만 흥분은커녕 담담하기만 하다.
여행 중이니 당연히 와야 할 데를 왔다는 듯,
마을을 360도 감싸고 있는 설산을 그냥 그런가보다 하고,
밤하늘에 뜬 내 인생 가장 커다란 보름달은
너무 눈이 부서 밤잠을 방해하는 애물단지일 뿐이다.
먼 옛날, 이슬람 세력의 침략에 맞서
훈자 왕국을 지켰다는 마을 꼭대기의 수백 년 된 성은
입장료가 비싸다는 핑계로 아예 가볼 생각도 않는다.

여기가 미야자키 하야오 감독의 애니메이션
〈바람계곡의 나우시카〉의 배경이 된 곳이라는데,
그래서 어쩌란 말이냐.

마을을 구석구석 돌아다니는 것도 귀찮다.
그냥 적당히 일어나 시간이 되면 밥을 먹고,
방 안에 날아다니는 파리를 잡고, 밤이 되면 잠을 잔다.

카리마바트 훈자, 파키스탄

긴긴 여행을 하면서 이런 무료함은 주기적으로 찾아왔나.
그럴 때마다 사진에 대한 흥미도 덩달아 떨어져
사진기는 하루 종일 침대 위에서 굴러다녔다.

하지만 아이러니하게도 여행을 마치고 돌아온 지금,
더욱 생각나는 건 바로 그 무료했을 당시 내가 있던 곳,
내가 만난 사람들이다.
아쉬운 게 있다면 기록으로 남긴 사진이 거의 없기에
조각난 기억의 퍼즐을 맞추는 게 상당히 어렵다는 것.

여행을 다녀오니 사람들이 묻는다.
다시 시간이 주어진다면 어디에 가고 싶은가?

나는 항상 같은 대답을 한다.
훈자에 가고 싶다고.
이번에는 훈자의 진면목을 제대로 즐길 수 있을 것 같은데 말이다.

알티트 훈자, 파키스탄

훈자가 세계적인 장수마을이 된 데에는 빙하가 녹아 흐르는 탁한 계곡물이 한몫한다는 이야기가 있다.
하지만 이 뿌연 물은 여행자들에겐 환영받지 못한다. 샤워할 때나 빨래할 때나 도무지 깨끗해진 걸 느낄 수
없기 때문이다. 대신 피부는 좀 좋아진 것 같았다. 카리마바드 훈자, 파키스탄

파수, 파키스탄

알렉산드로스의
손녀들

벽에 그려진 낙서와 창가에 올라앉은 칼라시 소녀들의 복장이 절묘하게 일치하는 결정적 순간.
소녀들은 무심코 지나가는 나를 불러 세워 이 소중한 장면을 선사했다. — 붐부렛, 파키스탄

힌두쿠시 산맥의 한 자락,
파키스탄 북서부 치트랄 주 산속에는
빈 라덴뿐만 아니라 '칼라시'라는 독특한 민족이 살고 있다.

이들은 먼 옛날 인더스 강 유역까지 진출한 알렉산드로스 대왕의
후손이라는데 그래서 그런지 생김새가 유럽인에 가깝다.

칼라시 여인들의 권한은 막강하다. 배우자를 선택할 권리, 이혼할 권리는 모두 여자에게 있다.

나는 '부토'란 이름의 칼라시인이 운영하는 게스트하우스에 묵었다.
하지만 말이 게스트하우스지 건넌방을 얻어 쓴 것에 불과했다.
따라서 부토네 가족들과 화장실을 함께 썼으며,
그의 자식들과 며느리, 부인은 내 방을 시도 때도 없이 들락거렸다.
방 안에는 아이들이 그린 해괴한 그림들이
여기저기 붙어 있어 밤중에 이상한 꿈을 꾸는 데 일조했으며,
아침이 되면 청나라 강시 복장을 한 부토의 부인이 밥을 먹으라고
깨우는 통에 항상 소스라치게 놀라며 깨곤 했다.

밤이면 별이 쏟아지고,
건너편 계곡에선 에메랄드빛 물이 흐르고,
옆방에 묵는 일본 애들이 하루 종일 피우는 해시시 냄새가
코를 찌르던 칼라시 마을이 그립다.

부토의 아이들이 내 방에 붙여놓을 또 하나의 기괴한 그림을 그리고 있다.

아저씨는 이 바위 저 바위를 옮겨다니며 열심히 낚시를 했는데,
최소한 내가 있는 동안에는 한 마리도 잡지 못했다.
왠지 그가 낚으려는 것은 물고기가 아니라 무형물일 거란 상상이 든다.

카불
목욕탕

📷

카불은 왠지 무서웠다. 굉음을 울리며 폭탄이 터지고 난 뒤, 화염과 연기가 걷힌 후에도 그 자리에 남아 맴도는 화약내와 열기처럼 카불에는 무언가 전쟁의 잔상이 진하게 남아 있었다. 도심을 으르렁거리며 활보하는 미군 탱크, 나토군 깃발을 펄럭이며 지나가는 지프, 폭격을 맞아 반쯤 헐린 건물, 다리를 잃고 구걸하는 남자, 퀭한 눈빛의 아이들, 쓰레기 더미가 아예 물길을 막아버려 더 이상 흐르지 않는 카불강, 그리고 무엇보다 두려운 건 살기 바빠 죽겠는 그들 앞에 떡하니 배낭 메고 찾아온 여행자에 대한 싸늘한 시선이었다.

게다가 지난 일주일간 한국 기독교 단체가 강행을 예고한 평화집회를 피해 바미얀에서 숨어 지내다시피 하다 돌아왔지만 한국인에 대한 불신은 여전했다. 한국과 아프가니스탄 정부가 서로 뜯어말리던 평화를 위협하는 그 평화집회는 천만다행으로 무산이 되었다. 그로부터 1년 뒤, 한국 기독교인 23명이 카불에서 칸다하르로 가는 도중 탈레반에 납치당해 두 명이 살해되는 비극이 일어난다. 결국 아프가니스탄은 여행금지국가로 지정되었고, 대한민국 여행자는 이제 이 땅을 밟을 수 없게 되었다.

부르카로 온몸을 덮은 여인과 지뢰로 한쪽 다리를 잃은 사내. 아프가니스탄 수도 카불의 흔한 풍경.
카불, 아프가니스탄

이란과의 국경에 근접해서일까. 헤라트에서는 카불에서 좀처럼 찾기 힘든 여유로움이 느껴진다.
여기는 길거리 사격장. 불붙은 성냥개비를 맞히면 선물을 준다. 헤라트, 아프가니스탄

이날은 아침 일찍 우체국에 들렀다가 시내에서 제일 크디큰 재래시장을 둘러볼 계획이었다. 하지만 카불은 호락호락하지 않았다. 특히 길거리에서 만나는 아프간 청년들은 나에게 야유를 퍼붓고 툭하면 시비를 걸었다. 이건 분명 인도에서 숱하게 받아본 장난기 섞인 시비와는 달랐다. 나는 대부분 무시로 일관했지만 한 청년이 카메라를 건드렸을 땐 약간의 몸싸움을 벌이기도 했다.

카불을 떠나기로 마음먹었다. 살인적인 방값도 문제였지만 이러다 사고라도 날까봐 두려웠다. 시장 구경을 포기하고 숙소로 발을 재촉하던 길. 어느 그늘진 골목에서 빡빡머리 아저씨 한 분을 만났다. 아저씨는 지나가던 나를 다짜고짜 앉힌 다음 따뜻한 차를 내왔다. 그는 바로 앞 공중목욕탕 주인이었다. 그리고 목욕하고 가라며 나를 목욕탕 안으로 떠밀었다. 마음 같아서는 때를 잔뜩 불려 살갗이 까지도록 벗겨내고 싶었지만 갈아입을 속옷이 없다는 핑계로 꾹 참았다. 대신 목욕탕 안을 구석구석 구경했다. 그 안에서 만나는 사람들은 나를 정말 반갑게 맞아주었다. 방금 전까지만 해도 삭막하고 무서운 줄로만 알았던 카불에서 목욕탕 굴뚝 위로 피어오르는 수증기처럼 따스한 정을 느끼기 시작했다. 문득 숙소에 두고 온 폴라로이드 카메라가 눈에 밟혔다. 손짓 발짓 아저씨에게 곧 다시 오겠다는 의사를 전달하고 숙소로 달려갔다.

한때 아프간을 통치하던 탈레반은 공중목욕탕을 모조리 폐쇄했다. 나체를 타인에게 드러내는 것이 이슬람 율법에 맞지 않다는 게 그 이유. 아프간 이후 이란, 예멘에서 내가 보았던 많은 공중목욕탕들은 다 무어란 말인가?

카메라를 챙겨 다시 목욕탕에 찾아가니 처음 보는 아저씨가 문 잎을 지키고 서 있었다. 빡빡머리에 수염이 난 아저씨를 찾는다며 손으로 머리와 턱을 쓰다듬으니 이 아저씨는 '아하' 하며 샴푸와 면도기를 내밀었다. 맞다, 여기는 목욕탕이지. 이번엔 디지털 카메라를 들어 아끼 찍은 아저씨의 모습을 보여주었다. 그제야 그는 알았다며 내가 원하는 대답을 내놓았다.

"주인아저씨는 지금 집에 자러 가셨어. 내일 새벽 4시나 돼야 나오실 거야."

힘이 빠졌다. 목욕탕 안에 아저씨의 사진을 붙여드리고 싶었는데.

실망감을 가득 안고 목욕탕을 나와 숙소로 돌아가는 길. 역시나 길거리 청년들과 아이들로부터 과분한 관심을 받았다. 하지만 아까처럼 무섭거나 기분이 나쁘지는 않았다. 가볍게 웃으면서 여유롭게 받아주니 한결 대하기가 수월했다. 게다가 어느 천사 같은 청년 덕분에 며칠째 풀리지 않는 숙제였던 북부 도시 쿤두즈로 향하는 버스의 정확한 출발장소와 시각을 알아내기도 했다.

아무래도 내가 카불에 대해 품었던 두려움은 편견이 쌓아올린 마음의 벽인 모양이었다. 카불 사람들은 비록 오랜 전쟁과 내부 갈등으로 삶이 초토화되었지만 가난에서 하루빨리 벗어나기 위해 필사적으로 발버둥치고 있었고, 내가 지금껏 만난 어느 도시 사람들보다도 더 성실하고 희망적이며 친절했다. 나는 이 아프가니스탄을 가이드북이나 지도 하나 없이 한 달간 구석구석, 수많은 사람들의 도움을 받으며 무사히 여행을 마치고 이란으로 빠져나갈 수 있었다.

카불의 비밀 한 가지. 옛 소련이 아프간을 침공하기 전, 1960년대 말 카불은 네팔 카트만두, 인도 고아와 더불어 전 세계 히피들이 모여드는 파라다이스였다. 탱크와 폭탄의 무서운 소리 대신 평화를 사랑하는 히피들의 통기타 소리가 울려퍼지고 미니스커트를 입은 아프간 처녀들이 활보하던 곳, 카불. 핑크플로이드가 신곡을 연주하면 다음 날 카불에서 그 노래를 들을 수 있었다는 전설이 전해지던 카불. 카불은 지금 억울하다.

공터에서 조그만 서커스가 펼쳐졌다. 나는 구렁이가 등장하는 서커스보다 이 많은 구경꾼들 중에 여성이 단 한 명도 없다는 사실이 더 신기했다. 바미얀, 아프가니스탄

발 없는 분만
사진을 찍어드립니다

📷

이 동네에서 난 인기가 많았다. 가는 곳마다 사진 좀 찍어달라고 난리였다. 하지만 마을 사람들이 두 눈을 똑바로 뜨고 있는 앞에서 어느 할아버지께 폴라로이드 카메라로 사진을 찍어드린 건 크나큰 실수였다. 너도 나도 검지를 삿대질하듯 내밀며 사진 한 장을 원했다. 방금 전까지만 해도 액정화면에 보이는 제 모습에 행복해 마지않던 이들은 이제 그것만으론 성이 차지 않았다. 평생 보고 싶을 때 꺼내 볼 수 있는 진짜 사진을 바랐다. 내가 이 평화로운 시골마을에 물욕의 폭탄을 터뜨린 것이다. 하지만 모자란 필름 때문에 모두 사진을 찍어줄 수는 없는 노릇이었다. 나는 시치미를 뚝 떼고 그 자리를 벗어나려 했다. 그때 한 청년이 사람들 사이를 헤치고 다가와 내게 말했다.

"저기 저 두 남자는 반드시 찍어줘야 해요. 지뢰를 밟아 다리를 잃었거든요."
그러고는 손바닥을 펴서 제 발목을 자르는 시늉을 했다. 고개를 들어 바라보니 저만치 벽 앞에 다리가 하나씩 없는 두 남자가 방긋 웃으며 내게 손을 흔들고 있었다. 나는 차마 그들을 무시할 수 없었다. 결국 사진을 찍어 각각 한 장씩 선물했다. 두 남자가 어찌나 좋아하던지 내가 더 기분이 좋았다.

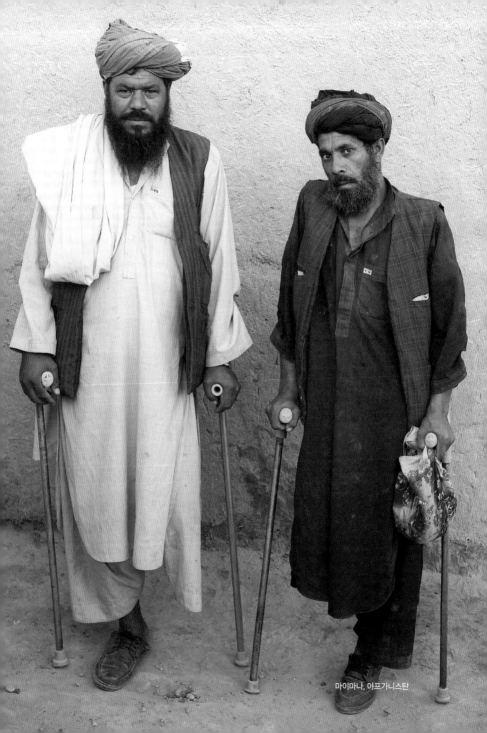

마이마나, 아프가니스탄

이제 주위 사람들은 내 눈치를 살피기 시작했다. 도대체 어떤 핑계를 대고 찍어달랄 것인가. 나는 단호한 눈빛으로 사람들에게 말했다.

"나는 아무나 찍어주지 않는다. 발이 없는 사람에게만 사진을 찍어준다. 여러분은 몸이 성한 사람들이니 사진을 찍을 자격이 없다."

니 역시 손바닥을 펴서 내 발목을 툭툭 쳤다.

그러자 재미있는 광경이 벌어졌다. 한 청년이 바짓가랑이 속에 한쪽 발을 숨긴 채 절뚝거리며 내게 다가온 것이다. 곧장 야유와 웃음이 터졌고 청년은 장난스런 몰매를 맞으며 끌려나갔다. 이번에는 다리가 부러져 깁스를 한 남자가 나타났다. 하지만 깁스를 풀면 성한 두 다리로 다시 걸어다닐 수 있으니 불합격이었다. 역시 돌려보냈다. 마지막으로 총을 멘 군인이 튀어나왔다. 신분을 이용해 어떻게 해볼 속셈이었겠지만 발 없는 사람만 사진을 찍어준다는 내 원칙에는 변함이 없었다. 이제 더 이상 아무도 나오지 못했다. 사람들은 그런 법이 어디 있냐며 저마다 투덜거렸다. 때마침 땅거미가 내려앉았고 난 숙소로 돌아가야 한다는 핑계로 그 자리를 재빨리 빠져나왔다.

여기는 아프가니스탄. 지뢰를 밟은 이들이 워낙 많은지라 언제 어디서 몇 명이 튀어나올지 모를 일이었다.

[+]

마을 사람들을 동요하게 만든 문제의 사진. 역시 선행은 남모르게 해야 한다.

살아 있는 전쟁박물관
아프가니스탄

아프간은 전 국토가 가히 전쟁박물관이라 할 만하다.
제멋대로 널브러진 탱크, 장갑차, 지프를 여행하며 수없이 보았다.
이 모든 걸 주워서 고철로만 팔아도 엄청난 돈을 벌 수 있을진대
어쩐 일인지 대부분 그 자리에 영원히 있을 것처럼 잠자코 누워 있다.

탱크의 무한궤도는 주로 과속 방지턱으로 쓰이고,
남은 동체와 포신은 아이들의 놀이터나 동물들의 쉼터로 쓰인다.
또한 나 같은 여행자에게는 독특한 피사체가 되어주기도 한다.

자전거 굴러가는 하굣길 풍경과 부서진 탱크의 공존이 묘한 긴장감을 선사한다.
이 탱크들은 모두 옛 소련이 아프가니스탄 침공 실패 후 버리고 간 것들이다.　바미안, 아프가니스탄

얼마 전, 최근에 아프간을 여행했다는 외국인 여행자의 블로그에서 흥미로운 사진을 발견했다.
8077번 탱크. 여전히 그 자리에 그 모습 그대로 놓여 있다. 반디아미르 가는 길, 아프가니스탄

희망을
찬다

바미얀, 아프가니스탄

지뢰 중 가장 잔인하다는 발목지뢰.
차라리 목숨을 앗아갈 것이지 달랑 발목 하나와 삶의 희망을
통째로 가져가버린다.

늘 전쟁을 달고 사는 아프간에는 아직도 파내지 못한 지뢰가 많은데,
그 개수만 수백만에 이르고 모든 지뢰를 제거하려면
1000년도 더 걸린다고 한다.
때문에 땅에 발을 디딜 때마다 혹시나 하는 마음에
발바닥이 짜릿한 적이 한두 번이 아니었다.

한번은 내가 무심코 걸어가던 길이 사람이 다니지 않는 길인 걸 알고는
한 발짝 한 발짝 식은땀을 흘리며 빠져나온 적도 있었다.
지뢰에 대한 공포는 아프간을 여행하는 내내 그림자처럼 따라다녔다.

나는 저 소년을 보며 무한한 감동을 받았다.
나였다면 과연 저렇게 열심히 축구를 할 수 있을까.
아니면 하루 종일 베개에 머리를 처박고 울고 있을까.
잘 모르겠다.

연을 쫓는
아이

90년대 중반, 아프가니스탄을 손아귀에 넣은 탈레반은 무시무시한 공포정치를 실시했다. 흔히 공포정치는 무엇무엇을 하지 말라고 금지하는 데서 출발한다. 그리고 어기는 이를 단호히 응징하는 일은 공포의 완성이자 지속이다. 탈레반 정권 아래 신설된 '도덕심 함양과 악덕행위 방지부'에서 제정한 금지사항은 다음과 같다.

공공장소에서 크게 웃지 마라.
음악을 듣지 마라.
춤, 팝송, 비디오, 텔레비전 등을 보지도 듣지도 마라.
비둘기 등을 사육하지 마라.
연날리기를 하지 마라.
사진을 찍지 말고, 초상화도 그리지 마라.
성인 남자는 턱수염을 짧게 기르거나 손질하지 마라.
영화 〈타이타닉〉의 디카프리오 헤어스타일을 하지 마라.
여자는 집 밖에서 일하지 마라.
여자는 학교에 보내지 마라.
　⋮

바미얀 동굴에 사는 사람들은 늘 물이 부족하다. 따라서 물을 길어오는 일에는 어린이들도 예외가 없다.
시냇가에서 자기 몸통만 한 물통에 귀한 물을 담아 오면 온 가족이 여러 번 반복해서 사용한다고 한다.
바미얀, 아프가니스탄

그중 재미있는 건 연날리기를 금지한다는 조항이다. 구슬치기, 딱지치기 등 하고 많은 놀이 중에 왜 하필 연날리기였을까.

연을 날리는 과정을 한번 떠올려보자. 아니 연을 만드는 과정부터 먼저 떠올려야겠다. 아프가니스탄 아이들이 완성된 연을 문방구에서 구입하는 호사를 누리진 않을 것이기 때문이다. 우선 댓살 몇 개와 비닐이 필요하다. 이곳저곳을 여행하며 수많은 연을 보았지만 종이로 만든 연은 거의 보지 못했다. 아무래도 종이보단 비닐이 질기고 오래갈 터.

대충 연이 만들어지면 이젠 실과 얼레를 장만해야 한다. 아프간과 같이 가난한 나라에선 항상 여기서 막힌다. 찢어진 옷을 꿰맬 실도 아까운 처지에 연을 날려보낼 실몽당이라니. 게다가 핑그르르 돌아가며 연줄을 풀어낼 견고한 얼레를 만드는 일은 생각보다 쉽지 않다. 하는 수 없이 막대에다 어렵게 구한 실을 감는다.

Afghanistan is the worst place to be a child.
아프간은 아이들에게 최악의 환경이다. ─ 유니세프
파이자바드, 아프가니스탄

이제 연을 날릴 차례다. 우선 몸을 꼿꼿이 세워 바람의 방향을 확인한다. 바람을 마주 보고 달려야 하기 때문이다. 활주로 끄트머리에서 이륙을 준비하는 비행기 같은 마음으로 숨을 한번 크게 들이쉰 다음 힘차게 달린다. 무조건 앞만 보고 내달려선 안 된다. 계속 연을 의식하면서 연이 땅바닥에 끌리진 않는지, 바람을 잘못 맞아 뱅글뱅글 돌고 있진 않는지 잘 살펴야 한다. 배가 파도 위를 미끄러지듯이 연도 바람을 비스듬히 타고 하늘로 올라가야 한다. 어느 정도 올라갔다 싶으면 이젠 바람과의 싸움이다. 바람을 이기려고 해서도 안 되고, 두려워해서도 안 된다. 끊임없이 연줄을 풀었다 당겼다 하며 바람을 어르고 달래야 한다. 설사 실이 끊어져 연이 지구 밖으로 날아가버려도 괜찮다. 내 손을 떠난 연이 신나게 우주를 여행하는 상상만으로도 충분히 가슴 벅찬 일이다.

그렇다. 연을 날리는 행위는 자율적이고 능동적인 것이며, 일종의 상상하고 꿈꾸는 행위. 수많은 놀이 중에 끊임없이 하늘을 바라보는 놀이는 아무리 봐도 연날리기밖에 없다. 탈레반 시절 아이들은 하루 종일 학교에 처박혀 코란을 강제로 외웠다. 체육이나 음악, 미술은 꿈도 꿀 수 없었다. 유일한 과외활동이 있다면 그건 칼라시니코프 총을 분해하고 조립하는 일이었다.

오늘도 아프간 아이들은 수많은 연을 하늘에 띄우고 있을 것이다.
부디 전능한 알라신께서 그 꿈을 모두 현실로 이뤄주시기를.
신을 빙자하여 악행을 저지르는 탈레반을 응징하여 주시기를.
앗살람 알레이쿰 ―당신에게 평화를.

아프간 지폐에도 그려져 있는 마자르 이 샤리프의 블루모스크는 전 이슬람 국가를 통틀어 가장 아름다운 사원으로
꼽힌다. 매일 아침 모스크 앞 광장을 뒤덮는 흰 비둘기들은 이곳에서 전쟁이 일어나자 가장 먼저 떠났고,
전쟁이 끝난 후에는 가장 늦게 돌아왔다고 한다.　　마자르 이 샤리프, 아프가니스탄

신들의 목욕탕

반디아미르 호수는 일종의 신화였다. 엄청나게 아름다운 호수가 아프가니스탄에 존재한다는 소문만 여행자들 사이에서 무성할 뿐, 정작 보고 온 이는 아무도 없었다. 반디아미르 호수의 실체를 확인한 건 파키스탄 훈자 마을의 어느 조그만 카페. 그곳에 먼지가 풀풀 날리는 사진집이 있었다. 어느 용감한 프랑스 부부가 펴낸 'Afghanistan'이란 제목의 사진집. 그 속에 반디아미르 호수가 있었다.

말도 안 되는 모양과 역시 말도 안 되는 물빛을 띠고 있던 그 호수는 내 가슴에 묘한 파문을 일게 했다. 우주에서 가장 아름답다는 호수, 그 호수를 반드시 봐야 한다는 '미션'이 내 여행 속으로 들어왔다. 결국 난 온갖 위험을 무릅쓰고 아프가니스탄에 들어갔다.

호수는 바미얀 계곡에서 차를 타고 3시간 거리에 있다고 했다. 대중교통은 물론 없다. 그래서 차를 한 대 빌렸다. 짭짤한 수입을 노린 여러 명의 운전수들이 물망에 올랐는데, 그중 우리와 비슷한 얼굴을 가진 하자라족 루스탐 아저씨가 선발됐다(하자라족은 몽골의 후예로 아프가니스탄 중부에 주로 살고 있다). 차도 마음에 들었다. 토요타 일색인 아프가니스탄에서 좀처럼 보기 힘든 대우 에스페로였다. 그것도 빨간색.

그런데 출발부터 문제였다. 갑자기 차가 한쪽으로 기울며 그대로 멈춰섰다. 처음엔 아프간에서 밥 먹듯이 벌어지는 타이어 펑크인 줄 알았는데 이번엔 아니었다. 어쩐 일인지 바퀴와 전동축을 고정시키는 4개의 볼트가 죄다 부러져 왼쪽 앞바퀴가 반쯤 빠져 있었다.

순간 일행이던 일본 친구들의 눈치를 살폈다. 불과 한 시간 전만 해도 이 차는 한국에서 만든 거라며 잔뜩 자랑을 늘어놓았는데 이젠 면목이 없어졌다. 임시방편으로 뒷바퀴에서 각각 하나씩 빼낸 단 두 개의 볼트로 앞바퀴를 어설프게 고정시킨 후 살금살금 가까운 정비소로 향했다.

루스탐 아저씨는 고치는 데 시간이 좀 걸릴 것 같다며 근처 식당에서 점심이나 먹으라고 했다. 하지만 난 입맛이 전혀 없었다. 대신 카메라를 들고 주변을 어슬렁거리기 시작했다. 그런데 저 멀리서 대여섯 명의 사람들이 무언가 커다란 물체를 땅에 엎어놓고 열심히 줄다리기를 하고 있었다. 얼른 뛰어갔다. 가까이 가서 보니 그것은 소였다.

곧장 쓱싹쓱싹 가차 없는 칼질이 시작됐다. 네 발과 주둥이가 다 묶인 소는 제대로 신음 한 번 못 내고 피를 철철 쏟아냈는데 그 모양이 마치 수도관이 터진 것 같았다. 나는 손으로 목을 감싸고 턱을 당긴 채 이 만화 같은 광경을 바라보고 있었는데, 남자들이 너무나 즐겁게 소를 잡는 통에 불쌍한 소에게 연민의 정을 느낄 새도 없었다.

문득 몇 달 전 숱하게 만난 인도의 소가 떠올랐다. 신이라 추앙받다 못해 배설물까지 존경받는 인도의 소. 저 아프간 소는 지금 이 순간 인도의 소를 부러워하고 있을까. 그리고 소를 굳이 먹어야 한다면, 가장 자연스럽고도 소에게 고통을 덜 주면서 죽이는 방법은 무엇일까. 이런저런 생각을 하는 사이, 갑자기 채식주의자가 되고 싶어졌다.

바미얀을 떠난 지 8시간, 차가 젖 먹던 힘을 다해 마지막 고개를 넘어서자 모두의 입에서 탄성이 터져나왔다. 와우. 저게 반디아미르 호수란 말인가. 듣던 대로 반디아미르 호수는 거짓말 같은 형상을 하고 있었다. 한없이 파란 물이 계곡에 '담겨 있다'. 말 그대로 담겨 있다. 누군가가 물막이 공사를 해놓은 것처럼 호수의 한쪽 끄트머리를 거대한 흙벽이 지탱하고 있다. 그 누군가가 인간이 아니라면 분명 신일 것이다. 그 용도가 목욕탕이라고 상상하면 적당할까. 다시 한 번 신의 흔적을 확인한다.

물 색깔은 말로도, 사진으로도 도저히 담아낼 수 없을 만큼 아름답다. 눈이 시릴 정도로 파란 물은 어찌 보면 하늘 같기도 하다. 주변은 온통 메마른 사막인데 도대체 이 어마어마한 물이 어디서 난 걸까. 그것도 모자라 대야에 물 받아놓고 수도꼭지 잠그는 걸 잊어버린 듯 여기저기서 호수가 철철 넘쳐흐르고 있다. 사람들은 이 물로 세수를 하고 세차를 하고 밥을 짓고 설거지를 한다.

놀랍게도 호수 주변에는 이미 수십 명의 관광객이 있었다. 물론 아프간 사람들이다. 얼마 전까지 온 나라가 전쟁을 겪었고, 대부분의 국민이 가난한 와중에도 여행의 사치를 누릴 수 있는 사람들이 있다. 알고 보니 거의가 카불에서 온 부자들이다. 여자들도 머리에 간단한 히잡만 둘렀지 온몸을 덮는 부르카는 쓰지 않았다.

호수 옆구리에는 관광객들이 묵을 수 있는 천막이 여러 채 있었고, 흙으로 지은 조악한 호텔도 한 채 있었다. 우리는 서둘러 천막 하나를 빌렸다. 하룻밤에 1000원으로 매우 싼 가격이지만 반드시 이 천막에서 저녁식사를 해결해야 하는 조건이 붙는다. 어차피 아무 먹을거리도 가져온 게 없으니 싱싱한 양고기나 빨리 구워달라 했다. 여기저기에서 비명 어린 양 잡는 소리, 흥겨운 노랫소리가 들려온다. 믿기 어렵겠지만 어느 천막은 영상반주기까지 설치해놓았다. 휘영청 밝은 달이 호수 위로 떠올랐다. 내 생에 다시 오기 힘든 반디아미르 호수에서의 하룻밤은 그렇게 지나갔다.

호면은 그 영롱한 색깔이 시시각각 변하고, 물고기가 헤엄치는 호수의 깊이는 아직 알려진 바가 없다.
반디아미르 호수는 2009년 아프가니스탄 최초의 국립공원으로 지정되었다.

다음 날 아침, 시린 공기를 마시며 번쩍 눈을 떴다. 그리고 전날 보아 두었던, 호수가 한눈에 내려다보이는 언덕으로 올라갔다. 언제나 그렇듯 일출을 마주하면 한껏 경건해진다. 나와 인태는 누가 시킨 것도 아닌데 애국가를 부르기 시작했다. 왼쪽 가슴에 오른손도 얹었다. 간신히 가사를 기억해가며 4절까지 다 부르고 난 뒤 기념사진을 몇 장 찍었다.

발밑을 내려다보니 벌써 많은 사람이 천막에서 기어나와 물놀이를 즐기고 있었다. 호수 한가운데 뭔가 둥둥 떠다니는 물체가 있기에 자세히 보니 한강에서 보던 바로 그 '오리보트' 아닌가. 영상반주기에 이어 다시 한 번 놀랐다.

언덕에서 내려와 호숫가로 갔다. 물에 발을 살짝 담가보았는데 머리칼이 쭈뼛 설 정도로 차갑다. 수영하고 있는 아프간 남자들이 우리더러 물속에 들어오라고 난리다. 이런 호수에서 수영해보는 것도 평생에 남을 추억이 될 것이기에, 할까 말까 한참 고민을 하다가 수건이 없다는 핑계로 마음을 접고 말았다. 이는 지금까지도 두고두고 후회하고 있다.

2001년 3월, 미군의 공습으로 궁지에 몰린 탈레반은 인류를 엿 먹일 심산으로 바미얀에 있는 세계 최대의 석불을 탱크와 로켓포 그리고 다이너마이트로 파괴했다. 나 또한 그들의 횡포에 엿 먹은 여행자로서 텅 빈 석굴을 바라보며 아쉬움이 컸던 한편, 반디아미르 호수를 가만히 내버려둔 탈레반이 무척 고마웠다. 호수를 바라보는 내내 저 흙벽을 허물어버리면 어떻게 될까 하는 상상의 나래를 펼쳤는데, 탈레반의 상상력이 이에 못 미쳤거나 설령 그런 상상을 했더라도 실행에 옮기기엔 그들 눈에도 지나치게 아름다웠던 것이 분명하다.

지금 '세계 7대 자연경관'을 정하는 투표가 한창이다. 우리나라의 제주도도 당당히 후보에 이름을 올렸다. 마음 같아서는 반디아미르 호수 홍보대사라도 자처하고 싶지만 지금껏 여행의 경험으로 볼 때 사람의 손때가 묻어서 무엇 하나 잘되는 꼴을 못 봤다. '왕의 보석'이란 뜻의 반디아미르. 그 옛날의 왕도 이 호수를 보석함에 꼭꼭 숨겨놓은 채 혼자만 보고 싶어했다. 우리 지구 상에 이런 호수 하나쯤은 남겨두자. 인류의 보석이라 생각하고 가만히 내버려두자.

바미안 계곡에는 절벽을 따라 무려 2만여 개의 구멍이 송송 뚫려 있다. 먼 옛날 수도승들의 거처로 쓰였던
이 동굴들은 세월이 흐르면서 소련군에 대항하던 무자헤딘의 요충지로 쓰였고 다시 탈레반에 저항하던
하자라 전사들의 요새를 거쳐 지금은 퇴역군인 및 가난한 자들의 소중한 보금자리로 쓰이고 있다.　바미안, 아프가니스탄

마술에 걸린 마을
마술레

사실 이란에 대한 기억은 그다지 좋지 않다. 기름이 물보다 싸고,
국민차가 기아 프라이드였던 것 빼고는 딱히 장점이 없었기 때문이다.

하지만 일주일간 지냈던 산간 마을 마술레를 생각하면
이란에 대한 모난 기억은 금세 아름다운 추억으로 도배가 된다.
동화 같은 마을 마술레에서 우리는 예쁜 집을 하나 빌렸다.
집 안에는 TV, 하얀 화장실, 부엌, 냉장고 등 먹고살기 위한
모든 것이 있었고 베란다 난간에는 분홍색 꽃이 담긴 화분이
다섯 개나 있었다. 게다가 전망은 어찌나 좋은지 하루 종일
베란다에 나가 앉아만 있어도 전혀 지겹지 않았다.

다른 녀석들에 비해 부지런했던 나의 아침 일과는 이랬다.
시장에 나가 싱싱한 계란과 소시지를 산다.
그리고 마술레에 단 하나밖에 없는 빵집으로 달려가
10분 이상 줄을 서가며 뜨거운 빵을 받아든다.
며칠 후에는 내가 외국인이라는 이유로 마을 사람들이
한두 명씩 양보하기 시작해 굳이 기다리지 않아도 되었다.
그리고 집으로 돌아와 아직도 자고 있는 녀석들을 발로 차 깨우고,
소시지를 썰고 계란을 풀어 아침을 준비한다.
재료는 소시지와 계란으로 늘 똑같았지만 요리 방법은 날마다 달랐다.
즐겁고 맛있는 아침을 먹고 난 뒤 설거지는
물론 게으른 놈들의 차지였다.
난 그사이 화분에 물을 주면서 점심과 저녁 메뉴를 고민했다.
마술레가 그립다. 이란이 그립다.

마슐레의 집들은 산등성이에 계단식으로 다닥다닥 붙어 있다. 아랫집의 지붕은 곧 윗집의 앞마당이 되고, 또한 골목길이
되기도 한다. 따라서 마슐레 마을 구경은 마치 '사다리 타기 놀이'와 같다. 어느 집 지붕을 타고 가느냐에 따라 도착지는
천차만별. 이곳에선 길을 잃어도 괜찮다. 무조건 아래로만 내려가면 마을 입구에 당도하게 되어 있다.

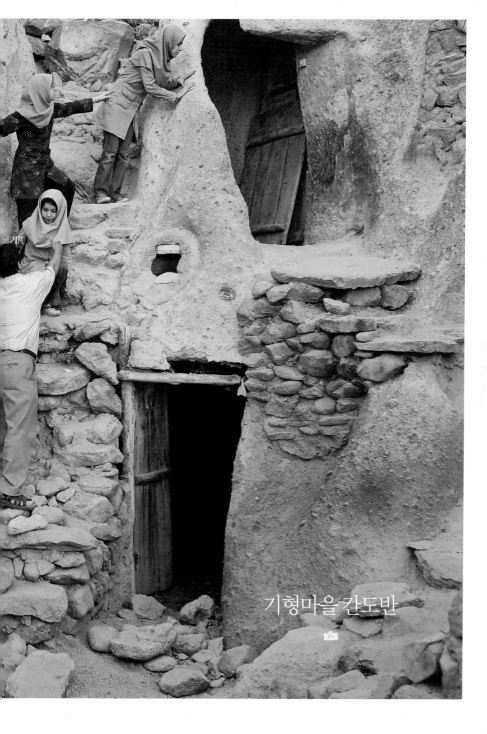

기형마을 칸도반

터키, 아제르바이잔과 국경을 맞대고 있는
이란의 북서부 도시 타브리즈에서 서쪽으로 60킬로미터만 가면
칸도반이라는 괴상한 마을이 나온다.
'미니 카파도키아'란 별명에 걸맞게 산등성이에는 화산활동으로 생긴
바위가 제멋대로 삐죽삐죽 솟아 있고, 부지런한 옛날 사람들은
그 바위에 구멍을 파서 방이나 주방을 만들고 창문까지 냈다.

지금은 주로 마구간이나 창고로 쓰인다는데, 그중 몇 군데에는
아직도 사람이 살고 있었다. 과거에는 신랑이 신부를 맞아들일
번듯한 집을 장만하기 위해 몇 년이나 바위를 파는 데 보냈다고 하니,
예나 지금이나 좋은 신랑감의 기준은 역시 능력이지 싶다.

사람들이 이렇게 굳이 바위를 파가며 집을 만든 데에는 다 이유가
있다. 먼 옛날 유라시아 대륙을 호령했던 몽골군의 침입을 피해
바위 속으로 숨어들어갔다가 지금까지 눌러앉아 있게 되었다는 것.
1년 전만 해도 몽골에 있었던 나로서는
그 평화롭기만 하던 유목민들이 아득히 먼 이곳까지
칼을 휘두르며 찾아왔다는 사실이 신기하기만 하다.

칸도반은 이란인들에게도 손꼽히는 관광지다.
마을 입구는 주차장을 방불케 하고,
그 앞을 흐르는 개천은 관광객들이 내버린 쓰레기들로 빼곡하다.
그래서일까, 우리를 맞는 마을 사람들은
시큰둥하다 못해 불쾌해하는 눈치다.

하지만 모처럼 여행자 대 여행자로 만난 이란 사람들은 달랐다.
우리가 묵었던 숙소 옆방에는
테헤란에서 놀러온 대가족이 있었는데,
방 안에 처박혀 빈둥거리던 우리를 초대해 차와 과자를 대접해주었다.

한 가지 수확이 더 있다면,
나는 이날 히잡을 쓰지 않은 이란 여성의 모습을 처음 보았다.

소녀가 껴안은 인형조차 차도르를 걸치고 있을 정도로 지금 이란은 그 어느 이슬람 국가보다 보수적이다.
하지만 1979년, 소위 '이란 혁명'으로 인해 팔레비 왕정이 무너지기 직전까지의 이란은 완벽한 서구식 생활을
영위하고 있었다. 다만, 어느 서구 사회가 그러하듯 크나큰 빈부격차가 발생했고 이는 곧 혁명으로 이어졌다.
북한과 더불어 미국과 대립각을 세우는 데 선봉장인 이란은 미국으로부터 각종 경제제재를 받고 있다.
그러나 내가 만난 이란의 젊은이들은 리바이스 청바지를 입고 나이키 운동화를 신고 다녔다.
그들의 휴대폰 첫 화면에는 안젤리나 졸리가 웃고 있었고, 벨소리로 힙합이 흘러나왔다.
또한 길거리에서는 각종 할리우드 영화 DVD가 신나게 팔리고 있었다.
이 나라에 또 한 번 혁명의 바람이 불어오고 있다.

시간이 멈춘 땅
예멘

전설적인 미국 시트콤 〈프렌즈〉의 한 에피소드.
챈들러는 우연히 옛 여자친구 제니스를 만났다.
제니스는 챈들러에 대한 사랑의 감정을 다시 키우기 시작했으나,
챈들러는 그러지 못했다. 결국 챈들러는 제니스를 떼어놓기로
결심했는데, 고작 생각해낸 방법이 먼 곳으로 발령이 났다고
둘러대는 것이었다.

제니스는 도대체 어디로 가기에 만나기 힘든 거냐고 캐물었고
챈들러는 즉흥적으로 '예멘'이라 대답했다.
제니스가 절대 찾아올 수 없는 곳,
아예 찾아올 생각조차 할 수 없는 곳으로 예멘을 떠올린 것.
챈들러는 그걸 증명하기 위해 나중에 환불할 생각이었던
예멘행 비행기표까지 보여주지만, 제니스가 공항까지 배웅 나오는
바람에 울며 겨자 먹기로 비행기에 올라타고 만다.

사실 내게도 예멘은 그런 존재였다.
내가 그곳을 방문하리라고는 상상조차 할 수 없는 나라.

이란 이후에는 대개의 유라시아 횡단 여행자가 그러하듯
나 역시 터키로 향할 계획이었고,
예멘이란 동네는 지구본을 꼼꼼히 돌려보지 않는 이상
어디에 붙어 있는지 정확히 알지도 못했다.

1년 전, 중국 쿤밍에서 스페인 아저씨 한 분을 만났다.
5년 반 동안 쉼 없이 세계를 여행하고 있던 아저씨는
어느 나라가 가장 좋았느냐는 나의 상투적인 질문에
주저하지 않고 예멘이라 대답했다.
참고로 둘째는 수단,
셋째는 파키스탄이었다.

그날 이후로 예멘이란 나라는
내가 반드시 들러봐야 할 곳이 되었다.
5년 이상 세계를 돌아다닌 여행 고수님이 첫째로 꼽은 곳이라면
분명 무슨 이유가 있을 것이다.

시간이 멈춘 땅 예멘.

성경 속 노아가 방주를 띄운 곳이자,

예루살렘의 왕 솔로몬을 찾아가 그의 부인이 된 시바 여왕의 나라.

도시 전체가 유네스코 문화유산으로 지정된 올드사나는

그 자체가 살아 있는 박물관이다.

주위를 아무리 둘러봐도 현대식 건물은 좀처럼 찾아볼 수가 없다.

인형이 살 것만 같은 독특한 건축양식의 '타워하우스'가 빽빽하고,

군데군데 등대같이 생긴 모스크 수십 개가 하늘을 찌를 듯 솟아 있다.

세계 최고의 어린이 인구비율을 자랑하듯

골목마다 인형같이 생긴 아이들이 쏟아져나온다.

여자들은 차도르로 온몸을 감싸고 있지만,

빠끔히 내놓은 젊은 여인의 커다랗고 예쁜 눈과 마주칠 때면

나도 모르게 가슴이 설렌다.

남자들은 성격이 시원시원하고 친절하기 짝이 없다.

하필 라마단 기간에 걸려 해가 지기 전까지 아무것도 못 먹었지만,

저녁 종소리가 울려퍼지면 여기저기서

동양의 낯선 여행자에게 빵 한 조각 더 주려고

안달하는 덕분에 그 마음만으로도 배가 부르다.

이젠 그 스페인 아저씨의 마음을 충분히 알 것 같다.

예멘. 이 땅에선 시간이 영원히 멈춰버렸으면 좋겠다.

사나, 예맨

예멘 남자의 얼굴,
잠비아

사나, 예맨

자고로 예멘 남자라면 어른 아이 할 것 없이
잠비아라 불리는 칼을 허리춤에 차고 다닌다.
먼 옛날, 언제 일어날지 모르는 부족 간의 다툼에 대비해
늘 차고 다니던 잠비아는 오늘날에 와서
아예 신체의 일부 기관이 되었다.
사내아이는 걸음마를 떼기도 전에
잠비아를 차는 법부터 배운다고 한다.

예멘 남자들에게 잠비아는 또 하나의 얼굴이다.
때론 얼굴보다 더 중요하다.
얼굴은 희로애락에 따라 제멋대로 춤추지만
잠비아는 그것이 품고 있는 권위와 용기, 아름다움을 영원히 내보인다.
그래서인지 예멘 남자들은 항상 당당하고 활기차 보인다.

예멘을 방문하기 전 예멘 남자늘은 모두 칼을 차고 다닌다는
소문을 들었지만 내 두 눈으로 직접 보기 전에는 믿을 수 없었다.
믿기 어려운 풍문을 오감으로 확인하는 일,
여행의 여러 재미 중 하나다.
때론 만리장성이나 타지마할처럼 실망도 하지만,
아프간 반디아미르 호수나 예멘 남자의 잠비아처럼
눈앞에 두고도 여전히 믿기 어려운 감동을 받는 경우도 있다.

길거리에 널린 잠비아 가게에서 우리 돈 5000원이면
잠비아를 살 수 있었다. 기념품으로 산다 산다 해놓고
결국 사지 못했는데 지금 생각해보니 차라리 잘된 일이다.
나는 예멘 남자의 얼굴인 잠비아를 살 자격이 없다.
하물며 그 용도가 기념품이라니.
그건 예멘 남자들에 대한 모독이다.

사나에서 조금 떨어진 알하자라 마을.
내가 머물던 숙소에 일본 여행자 한 명이 있었다.
그는 잠비아는 물론이고 머리부터 발끝까지 예멘 남자의 복장을 하고
있었는데 그 모습이 어찌나 어색하고 우스꽝스러운지
뒤통수에 대고 비웃었던 기억이 난다.
전통문화를 사랑하고 그것을 영원히 지킬 줄 아는 사람들,
바로 예멘 남자들이다.

시간
여행

📷

때론 한 장의 사진이 여행자를 인도한다. 스티브 매커리의 예멘 사진 중 유난히 나의 눈길을 끌었던 사진. 마치 주사위처럼 생긴 건물들이 바위산 위에 삐죽삐죽 솟아 있었다. 도저히 현실 같지 않은 풍경. 지구 상에 저런 마을이 존재한다니. 예멘에 가게 되면 반드시 그곳에 가보리라 다짐했다.

그곳이 알하자라 마을이란 걸 알아내는 건 그리 어렵지 않았다. 워낙 독특한 모습인데다 천혜의 요새 지형을 이용, 과거 오스만 제국의 침략에 끝까지 저항했던 자랑스러운 역사까지 더해져 알하자라 마을은 이미 유명한 관광지가 되어 있었다.

수도 사나에서 택시를 빌려 구불구불한 산길을 7시간 넘게 돌고 돌아 도착한 알하자라 마을. 날이 밝자마자 스티브 매커리의 발자취를 더듬어나갔다. 사진을 보고 유추하여 그가 발을 딛고 서 있었을 바로 그 자리에 내가 사진기를 들고 서 있는 그 순간이 어찌나 감격스러운지, 성지를 기어코 찾아온 순례자의 마음이 이러할까.

눈앞에 펼쳐진 마을은 사진으로 볼 때보다 훨씬 웅장하고 고풍스러웠다. 해질녘이 되면 산허리로 구름이 몰려들어 마을을 휘휘 감쌌는데 그 모습이 마치 구름을 타고 하늘에 둥둥 떠 있는 중세 유럽의 수도원 같았다.

이 마을을 돌아다닐 때면 마치 내가 타임머신을 타고 수백 년 전으로 되돌아가 옛사람들의 일상을 엿보는 느낌이 들었다. 다행히 그들은 미래에서 온 손님을 반기는 눈치였다.

사진 왼편의 건물 벽에 거대한 초상화가 걸려 있다. 30년 넘게 예멘을 통치하고 있는
알리 압둘라 살레 대통령. 아랍 민주화 혁명의 소용돌이 속에서 예멘 국민들도 대통령 퇴진을 요구하고 있고
많은 시위대가 피를 흘리고 있다. 그로 인해 예멘은 이라크, 소말리아, 아프가니스탄, 리비아에 이어
다섯 번째 여행금지국가로 지정되었다. 알하자라, 예멘

세 자매의 이름은 왼쪽부터 합사, 세이바, 페이다. 저런 예쁜 딸들을 둔 부모는 세상에 부러울 게 없을 것 같다.

밀짚모자를 쓴 예멘 시골 소년의 깊은 눈망울을 카메라 뷰파인더로 한참을 쳐다보았다.

차를
멈춰라

지프를 타고 온 여행자는 봉이었다.

여행자는 하나부터 열까지 쓸모가 있었다.

그들에게선 돈은 물론이요, 공책, 볼펜, 헌 옷가지가 나왔다.

빈 물병, 과자 봉지, 먹다 남은 잼 통, 깡통, 빵 부스러기,

심지어 무심코 창밖으로 내던진 바나나 껍질조차도 쓸모가 있었다.

또한 운이 좋아 나 같은 여행자를 만나면 한 장의 사진도 얻을 수

있으니. 그래서 에티오피아 남부 오모 계곡에 사는 주민들,

특히 어린이들에겐 특명이 떨어졌다.

'여행자가 타고 있는 차를 반드시 멈추게 하라.'

혹자는 속이 빤히 들여다보이는 거 그냥 무시하고
가속 페달을 밟아버리면 되지 않느냐 하겠지만
그게 또 마음대로 되지 않았다.
우리는 갖은 기발한 수작에 걸려 몇 번이고 차를 세웠다.
도저히 차를 세우지 않고는 못 배길 광경이 날마다 펼쳐졌다.
오모 계곡 속으로 더욱 깊이 들어가는 동안
하나의 관문을 통과하면 또 다른 관문이 나오고,
그 문을 열어젖히면 또 다른 문이 나오는 식이었다.
문을 통과할 때마다 입장료를 내는 건 당연했다.
그런데 입장료라고 해봤자 우리 돈 몇 백 원 또는
2리터짜리 빈 물병 한두 개면 충분했다.

콘조 마을 아이들은 저 멀리서 여행자의 지프가 다가오면 헐레벌떡 도로로 뛰어나와 춤을 추었다.
엉덩이를 격렬하게 퉁퉁 튕기는 춤이었는데, 신기한 것이, 그 춤을 바라보고 있으면 귓가에 빠른 리듬의
북소리가 들려왔다. 둥둥둥둥, 딩가딩가딩가딩가.

징카로 가는 길목에서 만난 녀석들은 아예 벤처기업이었다. 전통놀이인 장대타기를 수익모델로 개발했다.
아이들은 촬영비로 장대를 타고 있는 사람 수×사진사 수×촬영 컷 수×1비르(130원)를 주장했다.
게다가 빈 물병이나 바나나 따위든 받지도 않았다. 우리는 우리대로 10비르가 아니면 그냥
지나칠 것이라고 으름장을 놓았다. 우기(雨期) 막바지인 여행 비성수기라 가뜩이나
지나가는 차들아 별로 없었기 때문에 결국 우리가 이겼다.

에티오피아
최고의 비즈니스맨

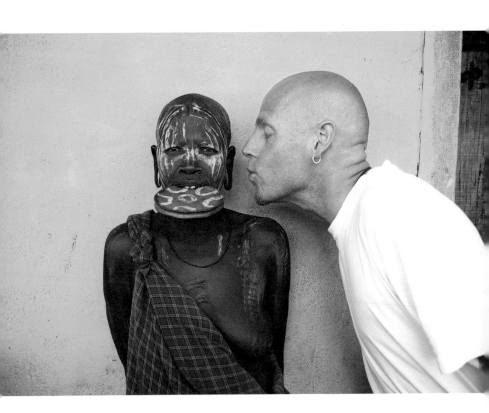

흔히 '접시부족'이라 불리는 무르시족.
다른 부족이 따라가려야 도저히 따라갈 수 없는 독특한 모습으로
여행자들에겐 최고의 인기다.
소녀가 성인이 되면 아랫니의 앞니를 모두 뽑고,
아랫입술을 찢어 늘인 다음 그 사이에
얼굴만 한 토기접시를 끼우는데 그 유래에 대한 설이 분분하다.

다른 부족이 쳐들어와도 데려갈 맘이
뚝 떨어지게 만들기 위해서라느니,
접시가 클수록 미인이라느니,
접시의 크기가 기르는 가축의 수에 비례한다느니 등등.
하지만 이제는 새로운 이론을 만들어야 할 것 같다.

지난 열흘간 에티오피아 오모 계곡을 함께 탐험한 캐나다 출신 브라이언 아저씨의 장난기가 한껏 발동했다.
이렇게 본인이 함께 등장하는 사진은 가격이 두 배다. 징카, 에티오피아

누군가 이들의 모습을 세상에 알린 뒤로 무르시 마을은
날이면 날마다 여행객들의 발길이 끊이질 않는데
똑똑한 무르시족은 이를 최고의 비즈니스 모델로 발전시킨 것이다.

이 마을에 들어가려면 우선 차 한 대당 입장료 5달러를 내야 한다.
입구에 들어서면 아예 '포토존'이 형성되어 있는가 하면,
그곳에는 각 가정에서 선발된 모델들이 온갖 치장을 하고 나와
여행자들의 간택을 기다리고 있다.
'접시부가세'가 붙어서인지 한 명을 찍는 데
다른 부족의 두 배인 2비르(250원)가 공시가격이며
사진사 바로 옆에는 어린아이가 바짝 붙어 셔터 소리를 들어가며
가격을 계산한다. 그러니 항상 사진을 찍고 나면
서로 다른 계산법을 가지고 실랑이가 벌어지기 마련이다.
또한 1비르짜리 지폐가 많이 필요하지만
잔돈을 바꿔주는 사람까지 있어 아무런 걱정이 없다.

무르시족은 나날이 번창하는 사진모델사업으로
이 근방에서 제일 부자다.
그래서 다른 부족의 부러움과 질투를 동시에 받고 있기도 하다.
무르시족의 이 독특한 전통은 당분간 사라지지 않을 것이다.
대신 자본주의가 서서히 침투하고 있다.
떠도는 소문에 의하면 무르시 족장의 움막에는
위성TV가 설치되어 있고, 그는 영화채널을 즐겨본다고 한다.

내가 알고 있는 미의 기준에 소녀를 대입하면 그저 신기하다는 정도겠지만,
내 어깨 위에 닿은 무르시 여인의 손길은 분명 남자의 마음을 설레게 하는 갓 스물 남짓한 처녀의 스킨십이었다.

인도는
아무것도 아니다

인도에서 만난 누군가가 그랬다. 사람 순식간에 모이는 거,
아프리카에 비하면 인도는 아무것도 아니라고. 정말 그랬다.
우연히 흘러들어간 브로이티티 시장. 가뜩이나 아수라장이었던
시장은 나의 출현으로 인해 거의 재난 현장이 됐다.
이들은 나같이 생긴 사람을 처음 본다는 듯이 행동했다.
만지고, 꼬집고, 잡아당기고, 찔러보고,
빤히 쳐다보고, 말을 걸고, 계속 따라다니고.
이런 건 오지 여행 중 겪는 미치도록 행복한 경험 중 하나다.
일본 나리타 공항을 방문하는 배용준의 마음이 이와 같으리라.
하지만 나 때문에 사람들이 이리저리 치이는 바람에 좌판을 벌여놓은
장사꾼들이 단단히 화가 났다. 아쉽지만 백여 명을 혜성꼬리처럼
달고 다니다가 한 바퀴만 휙 돌고 빠져나왔다.

이 사진은 시장을 뜨기 직전, 가운데 아저씨의 간곡한 요청으로 찍었다.
그 와중에 사진을 찍고 액정화면을 사람들에게 보여주었다면 믿을까?
아이들이 하도 잡아당기는 바람에
카메라 끈이 끊어지기 일보 직전이었다.

사진 속 유일하게 행복하지 않은 사람. 오른쪽 아래 미간을 잔뜩 찌푸린 아주머니. 그날의 장사를 방해해서 죄송합니다.
브로이티티, 에티오피아

구수한 커피향이 흘러나오던 브로이티티 시장 찻집.
슬쩍 엿보고 있는데 영어 좀 할 줄 아는 사내가 다가와 질문을 던졌다. "Are you German?"

꿀로 만든 술, 타이찌를 즐기고 계신 마을 어르신들. 낯선 여행자가 카메라를 들이대자 일제히 건배를 들었다.
어르신들의 멋진 인생을, 그리고 나의 대단한 여행을 위하여!

슈퍼스타
E

아딜로, 에티오피아

갑자기 운동장에서 시끌벅적대는 소리가 들려왔다. 선생님은 잠시 수업을 멈추고 무슨 일인지 확인하러 교실 밖으로 나갔다. 학생들은 웅성웅성 동요하기 시작했다. 도대체 밖에서 무슨 일이 일어난 걸까. 평소 수업시간에 잠만 자던 녀석이 뒷문을 통해 망을 보러 나갔다. 아이들은 숨을 죽이고 기다렸다. 드디어 녀석이 돌아와 외쳤다.

"애들아. 우리 학교에 손님이 찾아왔다!"
때마침 쉬는 시간을 알리는 종이 울렸다. 학생들은 너 나 할 것 없이 우르르 운동장으로 쏟아져나왔다.
나는 그렇게 수백 명의 학생에게 둘러싸였다. 모두 나만 쳐다보고 있었다. 내 일거수일투족에 따라 천여 개의 눈알이 드르륵 움직이는 소리가 들렸다. 내가 할 수 있는 건 그저 시선을 이리저리 옮겨가며 웃어주는 것뿐이었다. 이어 수업종이 울렸다. 나는 어느 선생님에게 이끌려 얼떨결에 한 교실로 들어갔다. 칠판 앞에 멀뚱히 서서 간단히 내 소개를 했다.

"안녕하세요. 코리아에서 온 초이라고 합니다."
교실 안팎에서 박수가 터져나왔다. 다른 반 학생들이 제 교실로 들어가지 않고 나를 보려고 창문 밖에서 장사진을 이루고 있었다. 나로 인해 이미 학교 전체가 통제 불능 상태에 빠졌다.

나는 이 영광스러운 순간을 평생 간직하기 위해 사진을 찍었다. 이 순간만큼은 내가 세상에서 제일 인기가 많았다.

오모 강가에서
평화로이 시간을 죽이다

정말 눈부시게 아름다웠다. 그건 한 폭의 캔버스에 유성물감으로 그린 그림이었다. 사진을 이리저리 찍어봐도 실제 눈으로 보는 풍경을 흉내조차 내지 못했다.

강 건너엔 남자들이 머리에 깃털장식을 한다는 갈렙족이 살고 있었다. 강을 건너기 위해서는 속을 파낸 통나무배를 타야 했는데 현지인은 왕복 1비르면 타는 걸 우리에겐 40비르나 요구했다. 나는 괘씸하다 생각하여 배를 타지 않았다. 다른 프랑스 여행자 두 명은 여기까지 와서 갈렙족을 안 볼 수 없다며 울며 겨자 먹기로 통나무배를 탔다.

하지만 나는 군이 강을 건너지 않고도 많은 갈렙족 사람들을 만날 수 있었다. 내가 건너가지 않으면 그들이 건너올 것이요, 건너온 사람들은 볼일을 마치고 집으로 돌아가기 위해 내가 있는 곳에서 배를 기다릴 터였다.

나는 그렇게 갈렙족 마을 건너편 강가에 앉아 하루 종일 시간을 보냈다. 또한 그곳에는 우주선만 한 나무가 있어서 시원한 그늘도 만들어주었다. 할 일 없는 동네 아이들은 금세 내 주위로 몰려들어 어떻게든 내 관심을 끌어보려 애썼고, 청년 뱃사공들은 느끼한 눈빛을 계속 보내며 나를 통나무배에 태우려 했다. 그러는 와중에 강을 오고 가던 갈렙족 사람들은 한 명, 한 명 내 사진기 앞에 섰다.

오모라테, 에티오피아

하늘에는 정말 큰 독수리가 날고 있었다. 독수리는 어쩌다 한 번씩 급하강하여 병풍만 한 날개를 펄럭이며 수면을 스치듯이 수백 미터를 날아가 다시 하늘로 올라가곤 했다. 그 순간은 마치 느리게 재생되는 영상 같았다. 아무 소리도 들리지 않았다. 내가 잠시 이 세계와 유리되어 다른 우주 속에 앉아 있는 것 같았다. 독수리의 거대한 날갯짓으로 인한 미풍이 내 얼굴에 불어와 닿았다. 독수리가 하늘로 치솟아 올라 허공으로 사라지면 세상은 원래의 재생 속도를 되찾았다. 여기저기에서 아이들이 떠드는 소리도 다시 들려왔다.

문득 이 모든 게 이미 꿈에서 본 풍경이란 생각이 들었다. 아니면 내가 꿈속에 앉아 있거나. 꿈과 현실의 경계가 점점 희미해지고 있었다. 어쩌면 이 여행도 한낱 꿈일지 모른다. 이제 긴 꿈에서 깨어나야 할 시간이 다가오고 있었다.

소녀들이 들고 있는 플라스틱 물통에는 옥수수로 만든 술이 가득했다.
배를 기다리며 술 한 모금 몰래 훔쳐 먹던 소녀들이 생각난다.

천 개의
도서관

천 개의 도서관이라는 꿈의 종착지를 향해 가는 열한 번째 정거장은 네팔의 산골마을 나야풀.
우기 막바지라 비는 억수같이 퍼부었고, 결국 비가 그침과 동시에 지프도 멈추었다.
마을까지는 아직 30분을 더 올라가야 하는 길. 학교에서 아이들이 직접 책을 옮기러 내려왔다.
언덕길을 오르던 한 여자아이가 서툰 영어로 말을 걸었다.
"오늘 너무너무 행복해요. 아저씨가 책을 많이 가져왔기 때문이에요."
덕분에 형욱이는 열두 번째 기착지로 가기 위한 에너지를 가득 충전했다.

그의 꿈은 자전거를 타고 중국에서 출발하여
유럽의 서쪽 땅끝 포르투갈의 호카 곶까지 가는 것이라고 했다.
나랑 키와 나이, 보조개 들어가는 자리가 같았던
이 친구의 이름은 형욱.
우리는 실크로드의 향내가 여전히 진동하는
중국 카슈가르에서 처음 만났다.
그는 지난 열흘간 '죽음의 땅' 타클라마칸사막을 헤치고 왔지만
검게 탄 얼굴에 허연 이를 드러내며 여전히 에너지가 넘쳤다.
우리 앞엔 동일한 장애물이 버티고 있었다.
세계에서 가장 높은 국경이 놓여 있는 '쿤제랍 고개'.
이 고개를 넘으면 비로소 카라코람산맥을 넘어
파키스탄으로 들어갈 수 있었다.
여행의 수단이 다른 우리 둘은 당연히 여행의 방식도 달랐다.
내가 파키스탄의 국경마을 소스트행 국제버스표를 끊으러 간 사이
형욱이는 짐을 싣는 트레일러와 자전거의 연결고리를 고치러
자전거포로 달려갔다.

헤어지기 전 마지막 날 밤,
우리는 서로의 안녕을 기원하며 시원한 맥주에 양고기 꼬치 파티를
벌였다. 사람과 물건을 잔뜩 실은 국제버스는 먼 옛날 카라반들이
목숨을 걸고 넘던 '피의 골짜기(쿤제랍 고개의 또 다른 이름)'를
단 이틀 만에 지나 파키스탄 훈자에 나를 내려놓았다.
그리고 열흘 후 어스름한 저녁,
마을 산책을 마치고 숙소로 돌아가는 길에

내 이름을 힘차게 부르는 소리가 들렸다. 반가운 얼굴 형욱이었다.
페달을 밟아도 밟아도 끈질기게 계속되는 오르막을 오르고,
낙석과 울퉁불퉁한 노면 때문에
함부로 속력을 낼 수도 없는 내리막을 지나,
때론 호기심 많은 어린이들의 돌팔매질을 견뎌내며
용케 찾아왔다고 했다.
하지만 형욱이는 그사이 조금은 수척해진 모습이었다.
알고 보니 고질병이었던 허리 통증이 험준한 산맥을 넘으면서 더욱
심해져 더 이상 자전거 바퀴를 굴리기 힘들다는 것.
그의 꿈은 아직 수만 킬로미터나 남았는데 이대로 멈추어야 한다니
형욱이의 실망감은 이만저만이 아니었다.

그러던 어느 날 밤,
혼자 계곡을 비추는 달빛 아래 맥주를 나눠 마시며
나는 이런 제안을 했다.
혹시 자전거 대신 배낭을 메고 여행해보지 않겠느냐고.
얼마간의 침묵. 우리 둘은 마치 도원결의를 하듯 손을 굳게 잡았다.

우선 자전거를 처분해야 했다. 두 바퀴는 같은 숙소에 머물던
독일 자전거 여행자 커플에게 공짜로 줘버렸고,
자전거 몸통은 우체국에서 한국으로 부쳤다.
중고 자전거를 국제우편으로 보내는 업무가 처음이라는
파키스탄 시골 우체국 직원은 무척 난감해했지만
최선을 다해 도와주었다.

그리고 번듯한 배낭을 하나 장만했다.

낭가파르바트 루팔 베이스캠프 트레킹을 시작으로

본격적인 배낭여행이 시작되었다.

이후 파키스탄 북부, 이란, 바레인을 거쳐 예멘까지

무려 5개월간 동행하며 수많은 풍경과 사람 들과의 만남을 공유했다.

숙소를 구할 때나, 이동할 때나, 밥을 먹을 때나,

현지인들과 시비가 붙을 때나 둘이 함께라면 무서울 것이 없었다.

빵 한 조각, 물 한 모금을 나눠 먹고

서로 동일한 피사체를 놓고 경쟁하듯 사진을 찍기도 하고,

혼자 다닐 때는 찍기 힘들었던 독사진을 서로 찍어주고,

생일을 챙겨주고, 한 명이 아프면 나머지 한 명은 약을 구하러 다녔다.

그렇게 수개월 동안 지구별 곳곳을 다니며 켜켜이 쌓인 우정은

웬만한 친구는 명함도 못 내밀 정도가 되어버렸다.

그리고 예멘에서 나는 아프리카로,

형욱이는 말레이시아로 각자의 길을 떠났다.

두 달 뒤, 방콕 카오산로드에서의 재회.

형욱이는 그사이 왼팔에 커다란 문신을 새기고 나타났다.

A Wind With No Name—이름 없는 바람.

미얀마를 끝으로 몽골에서 시작된 내 여행은 마침표를 찍었고,

그는 대단한 여행을 계속 이어나갔다.

일 년 반 동안 내 분신과도 같았던 카메라는 형욱이에게 들려보냈다.

재미있는 건, 형욱이는 내가 평소 자랑을 일삼았던 몇몇 여행지를

일부러 찾아가 내가 남겨놓은 자취에다 새로운 이야기를 덧붙였다.

노마객잔에서 우씨 아주머니의 따뜻한 보살핌을 받고 있던 형욱이도 말린 옥수수 까는 일을 틈틈이 했다.
그리고 어김없이 꿀 바른 호두를 얻어먹었단다. 귀여운 강아지는 내가 있을 때는 없었다.

후타오샤 노마객잔 우씨 아주머니를 찾아가고,
상위평 마을을 방문하는가 하면,
내가 어느 게스트하우스에 남긴 방명록을 복사해 오기도 했다.

그러는 사이 형욱이는 또 하나의 새로운 꿈을 꾸기 시작했다.
도서관은커녕 제대로 된 책이 없어 공부를 하고 싶어도 할 수 없는
세상의 가장자리에 사는 아이들을 위해 도서관을 지어주겠다는 것.
그것도 1000개씩이나.

막역한 친구인 나조차 피식 웃었던 이 꿈을 그는 묵묵히 진행시켰다.

2008년 여름, 사비를 탈탈 털어 인도 히말라야 산골 다스다 마을에
지어준 조악한 도서관을 시작으로 다음 해에 두 곳,
그다음 해에 열 곳, 그리고 2011년 네 곳까지.
직접 한국에서 그러모은 책을 비행기로 부치고
또 현지 공항에서부터 버스, 기차, 지프, 당나귀 등 온갖 교통수단을
이용해 책을 마을로 옮겨서 지은 도서관이
네팔, 캄보디아, 라오스 등지에 지금까지 총 17개.
형욱이가 꾸고 있는 꿈,
'천 개의 도서관'은 점점 현실이 되어가고 있다.

이제 983개가 남았을 뿐이다.
– http://www.worldedge.kr

상위펑 마을에 도착한 형욱이는 내가 찍은 아이들 사진을 들고 학교를 찾아갔다.
사진 속 주인공을 찾는 일은 그리 어렵지 않았다. 2년 동안 얼굴은 그대로, 덩치만 좀더 커졌을 뿐이었다.
하지만 많은 것이 변해 있었다. 내가 녹음현장을 목격한 프로그램이 방송 전파를 탄 것을 계기로 정부에서는 번듯한
건물을 새로 지어줬고, 형욱이가 도시에서 미리 준비해간 축구공이 민망할 정도로 이미 많은 축구공들이 굴러다녔다.

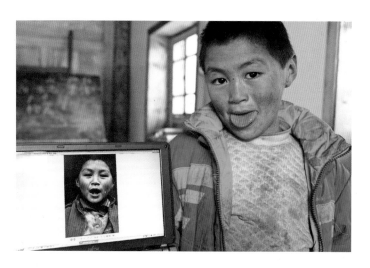

나의
다짐

여기는 인도 땅끝 마을 칸야쿠마리.

내 뒤로는 벵골만, 인도양, 아라비아해

이렇게 세 개의 거대한 바다가 서로 만나고 있었다.

하지만 이러한 감상도 잠시,

우리나라 땅끝도 구경해보지 못한 내가 인도 땅끝에 와 있다는 게

그리 큰 자랑이 아니라는 생각이 들었다.

그래서 결심했다.

집에 돌아가면 우리나라를 구석구석 다녀보기로.

다만 그때는 훨씬 가벼운 짐과 가벼운 마음으로.

몽골을 시작으로 어느새 1년 반.

어차피 언제 어디서 끝날지 모르는 여행을 했기 때문에 여행을 마친다는 것 자체가 실감이 안 나는 일이었고, 과연 이 여행이 끝나는 날이 오긴 올까 궁금하기도 했다.

그만큼 나는 '여행'을 살고 있었다. 지도를 펼쳐 끊임없이 어디론가 이동하고, 날마다 싼 음식과 잠자리를 구해야 했으며, 무거운 카메라는 항상 목이나 어깨에 걸려 있었다. 길에서 만나는 친구들과는 항상 헤어짐이 기다리고 있었고 대부분이 영원히 다시 보지 못할 사람들이었다. 책에서나 볼 수 있었던 풍경이나 유적지, 건물을 만나면 감동과 영광이 넘치기보다는 남대문 쳐다보듯 담담했으며, 그곳을 지나 다른 시공간에서야 비로소 내가 그런 엄청난 곳에 존재했었다는 사실에 감격해 온몸을 부르르 떨곤 했다.

사실 여행을 처음 시작할 때부터 이 여행 자체는 관심 밖에 있었다. 그보다는 나 자신, 특히 긴 여행을 마치고 난 뒤의 내 모습이 과연 어떨까 궁금했다.

누구나 그렇듯 이런 긴 여행을 마주하게 되면 자아의 재발견이라든지, 꿈의 실현이라든지, 일생일대의 큰 전환점이라든지, 세상을 배우러 간다는 식의 거창한 기대를 하기 때문이다. 나는 내가 정말 뭔가 대단한 놈이 되어 있을 줄 알았다. 하지만 여행을 하다 보니 이런 거창한 기대는 여행을 거창하게 만들기보다는 오히려 나 자신을 옥죄는 강박이 되어, 어느 순간 여행을 즐기기보다는 여행을 이용하고 있는 내 모습을 발견했다.

역시 관건은 집착과 욕심을 약간 버리는 것이었다. 무슨 부처의 가르침과도 같은, 한국에 있었으면 백날 들어도 못 알아먹었을 이 원리를 이 여행 중 조금이나마 이해하게 되었다. 그리고 그제야 슬슬 여행을 즐길 수 있게 되었다.

그렇다면 이제 나를 보자. 그렇게 궁금하던 '긴 여행을 마친 사람'이 되어 있는가? 그런데 아무리 뜯어봐도 난 여전히 그대로인 나다. 여전히 욕심 많고 가식적인 나. 하지만 여행 전후의 사람은 같을 수 없다고 누군가가 그랬다. 그럼 도대체 이 여행은 나에게 무얼 준 걸까?

그건 바로 이 여행, 그 자체다. 수많은 경험과 추억. 지금도 눈을 살짝 감고 숨을 크게 들이마시면 돌돌 말려 있던 세계지도가 후루룩 펼쳐지며 여기저기에서 수많은 이야기가 들리고 그림이 보이기 시작한다. 나는 그 많은 이야기의 주인공이자, 조연, 관찰자, 혹은 감독이었던 것이다. 평생 떠들어도 다 못 할 그 이야기들. 그렇다. 나는 그런 이야기들을 직접 겪으며 뭔가가 조금은 변한 것이다.

마지막 여행지, 미얀마 바간이라는 동네에서 수백 년 된 불탑 위에 올라 저 멀리 지는 해를 바라보며 문득 이런 생각을 했다. '이대로 죽어도 좋다.' 내가 이 지구에 태어났을 때부터 주어진 임무를 훌륭히 완수했다는 생각이 들어서였다. 마치 긴 우주여행을 마치고 기어코 목성을 찾아가 부딪쳐 장렬히 산화한 슈메이커-레비 혜성의 마음처럼, 나도 그렇게 의연해져 있었던 것이다. 하지만 이게 끝이 아니란 걸 안다. 내겐 또 다른 임무가 있을 것이다. 해가 산 뒤로 넘어가고, 엉덩이를 털고 일어나 아래를 내려다보니 내가 타고 온 자전거가 나를 기다리고 있었다.

분명 1년 이상 여행을 하는 건 아무나 이룰 수 있는 꿈이 아니다. 그런 면에서 난 누구보다 운이 좋은 놈이고 그래서 너무나 행복하다. 한국행 비행기를 불과 몇 시간 앞두고 있는 지금 나는 정체가 불분명한 자신감으로 꽉 차 있다. 한국으로 돌아가 다시 각박하고 치열한 삶을 살게 될지라도 나는 전혀 두렵지 않다. 그저 잠시 눈을 감고 지난 여행을 떠올리면 순간이나마 무한으로 자유로워질 수 있기 때문이다. 그냥 또 하나의 긴 여행을 떠나는 거다. 최소한 이번 여행에서는 숙소를 구하러 돌아다닐 필요도 없고, 그렇게 먹고 싶어하던 한국 음식들이 널려 있지 않은가.

지난 여행에서 만났던 수많은 사람, 동물, 사물, 자연물에게 진심으로 감사하다는 말을 전한다. 또한 수많은 위험에서 날 지켜준 알라신, 부처님, 하나님, 예수님, 수많은 힌두신, 역시 수많은 토속신께도 감사의 기도를 드린다. 마지막으로 아이컵 두 번 잃어버린 것 빼고는 이 험난한 여행을 묵묵히 견뎌준 내 분신과도 같은 사진기. 정말 수고했다. 왜 눈시울이 뜨겁지?

—2006년 12월 방콕에서

긴 시간 동안 외로움을 잘 견뎌준, 지금은 아내가 된 상미,
나의 분신과도 같은 두 아들 민호와 윤호에게 이 책을 바친다.